近世經典叢刊④

龍榆生先生輯

唐宋名家詞選

華夏出版有限公司

出版說明

龍榆生先生唐宋名家詞選曾先後梓行過兩個版本。一是一九三四年開明書店本。一是一九五六年古典文學出版社本。二書名同而實異。前者精粹無倫。後者平淡無奇。開明本對常州詞派直至彊邨老人的詞學觀。既有繼承。又復拓大。所謂剛柔並用。疎密兼收。讀者假使眞有志於詞之創作與欣賞。熟誦此本。必有鉅獲。

開明本承張惠言詞選·周濟宋四家詞選·朱彊邨宋詞三百首一路直下。是由詞人編選。供學詞者模習的詞作範本。可以視作中國傳統詞選的殿軍。中國傳統的詩詞選本。大都為了導人創作。但新文化運動之後。激進少年視創作詩詞為骸骨迷戀。詩詞選本一意求普及。人群遂致千選一面。以之為習文學史之輔翼則可。以之範模詞林·引領詞風則絕不可。古典文學社本雖出名詞人龍氏手。其意既在普及。故不免淺俗之蔽。較諸開明本的堂廡深閎。實在可以說是今不如昔。後不如前了。

近二十年來。青年愛好詩詞。學為創作者日衆。譬如學書當先求良帖善拓。開明本唐宋名家詞選就是習詞的最佳範本。惜多年不得重梓行世。我遂與志儉兄商量。擬原大影印出版。收為華夏出版有限公司近世經典叢刊的第二部。可惜的是開明本校讐未精。魯魚亥豕。觸目皆是。我用了數月時間。重校一過。希望校本更切於學詞者所需。龍先生每選一家。都注明詞作出處。我的做法是以所出之書為底本。持之為校。詞選中不合於底本的。一般在原版圖上挖改。不出校記。其有底本顯誤而龍先生改正者。或異文可並存者。纔在書眉加紅色校記。或出手民誤植的。也直接挖改。詞以合律為尚。凡書中不合譜律的地方。也加校記。以作提醒。本書意在切於實用。而非拘墟墨守。故與一般影印的做法不同。祈讀者諒之。

癸卯新春收燈節徐康侯於深圳

唐宋名家詞選

龍沐勛輯

自序

詞興於唐。而大盛於兩宋。古今選本。無慮數十百種之多。或以應歌。或以傳人。或以尊體。或以建立宗派。強古人以就我範疇。雖意趣各殊。瑕瑜互見。而其採掇茂製。揄揚聲學之旨則一也。

自詞與樂離。聲情之美。乃全託於文字。於是操選政者。始各出手眼。專注於意格與結構。有清一代。號爲詞學中興。朱彝尊詞綜出。家白石而戶玉田。左右一時風氣。末流之弊。乃入於枯寂。張惠言起而振之。以附於風騷之遺。詞選一編。獨標比興。而門庭過隘。未足以窺見斯體之全。周濟更揭四家。領袖趙宋一代。又教學者問塗碧山。歷夢窗・稼軒・以還清眞之渾化。規模視惠言爲宏遠矣。獨於豪放一派。抑蘇而揚辛。未免本末倒置。又取碧山與三家並列。亦覺擬不於倫。承常派之流波。而能發揚光大。義豐文約。導來學以從入之塗者。其惟彊邨先生之宋詞三百首乎。

予曩從先生學詞。先生輯刻彊邨叢書方竟。時使予分任覆勘。因得盡窺先生手訂、各家詞集。朱墨爛然。一集有圈識至三五遍者。因爲錄出。益以鄭文焯手訂花間集及白石道人歌曲。復參己意。輯爲茲編。以授暨南大學國文系諸生。忽忽又三載矣。頃應開明書店之約。重理印行。既略紀因緣。願更一申微旨。

予意詩詞之有選。本務須從全部作品。抉擇其最高足以代表其人者。未宜輒以私意妄爲軒輊其間。卽如唐宋人詞。各因時代關係而異其風格。但求其精英呈露。何妨並蓄兼容。蓋自溫韋以來。迄於南唐之李後主。馮延巳。北宋之晏殊、歐陽修、晏幾道，爲令詞之極則。已儼然自成一階段焉。迨慢曲既興。作者益衆。疎密二派。疆域粗分。疎極於豪壯沈雄。自范仲淹、蘇軾以下。晁補之、葉夢得、張孝祥、辛棄疾、陸游、劉克莊、劉辰翁、元好問之徒屬之。密極於精深婉麗。自張先、柳永以下。秦觀、賀鑄、周邦彥、姜夔、史達祖、吳文英、王沂孫、張炎、周密之徒屬之。雖各家亦多開徑獨行。而淵源所自。昭然可覩。學者果能於三派之內。擷取精英。進而推求其所以異趣之故。則於欣賞與創作。皆當受用無窮矣。慮讀吾書者。怪其剛柔並用。疏密兼收。因爲發凡於此云。

民國二十三年十一月。龍沐勛重校附識於暨南村寓廬。

凡例

一本編所錄各家。以能卓然自樹．或別開風氣者爲主。

一本編所收作品以能代表某一作家全部精神．或特殊風格者爲主。

一詞雖不復可歌。而其體原依曲拍。故於聲律亦未容忽而不講。其有意格雖佳．而聲情不相稱者不錄。

一本編所收各作家。並附小傳。爲知人論世之資。其詳略則視作者在詞壇上之地位而定。

一本編所收評語。以於本詞意旨．及結構技術．有所闡明者爲主。

一詞因倚聲而作。舉凡抑揚抗墜．聲情緩急之間。關係於句讀韻叶者至鉅。故特創標點。以·表讀。△表句。◎表韻。藉便學者。兼寓詞譜之意。

一本編警句。參考朱（孝臧）鄭（文焯）二家圈識本。以密。表之。

一、詞中領句字。關係甚大。有一字領者。如柳永八聲甘州「漸霜風淒緊。關河冷落。殘照當樓。」「漸」字領下四字三句。秦觀八六子「念柳外青驄別後。水邊紅袂分時。」「念」字領下六字二句。有二字領者。如秦觀八六子「那堪片片飛花弄晚。濛濛殘雨籠晴。」周邦彥拜星月慢「似覺瓊枝玉樹相倚。暖日明霞光爛。」「那堪」二字及「似覺」二字。各領下六字二句。又五字句有上一下四者。亦最宜留意。如。拜星月慢之「識秋娘庭院。」「總平生稀見。」「苦驚風吹散。」「隔溪山不斷」等句。類此者甚多。未易別作標識。特爲舉例以資隅反。

唐宋名家詞選

目次

唐宋名家詞選

龍沐勛輯錄

温庭筠

菩薩蠻

小山重疊金明滅鬢雲欲度香腮雪懶起畫蛾眉弄妝梳洗遲　照花前後鏡花面交相映新貼繡羅襦雙雙金鷓鴣

寶函鈿雀金鸂鶒沈香閣上吳山碧楊柳又如絲驛橋春雨時　畫樓音信斷芳草江南岸鸞鏡與花枝此情誰得知

南園滿地堆輕絮愁聞一霎清明雨雨後却斜陽杏花零落香　無言勻睡臉枕上屏山掩時節欲黃昏無憀獨倚門

〔評〕

湯顯祖曰。芟花間者。額以温飛卿菩薩蠻十四首。而李翰林一首爲詞家鼻祖。以生不同時。不得劚入。今讀之。李如藐姑仙子。已脫盡人間煙火氣。温如

芙蓉浴碧。楊柳挹青。意中之意。言外之言。無不巧雋而妙入。珠璧相耀。正自不妨。（湯評花間集）

更漏子

星斗稀。鐘鼓歇。簾外曉鶯殘月。蘭露重。柳風斜。滿庭堆落花。　虛閣上。倚闌望。還似去年惆悵。春欲暮。思無窮。舊歡如夢中。

玉鑪香。紅蠟淚。偏照畫堂秋思。眉翠薄。鬢雲殘。夜長衾枕寒。　梧桐樹。三更雨。不道離情正苦。一葉葉。一聲聲。空階滴到明。

〔評〕

胡仔曰。庭筠工於造語。極爲奇麗。此詞尤佳。（苕溪漁隱叢話）

譚獻曰。似直下語。正從夜長逗出。亦書家無垂不縮之法。（譚評詞辨）

酒泉子

楚女不歸。樓枕小河春水。月孤明。風又起。杏花稀。　玉釵斜篸雲鬟重。裙上縷金雙

鳳八行書千里夢雁南飛

楊柳枝

館娃宮外鄴城西遠映征帆近拂堤繫得王孫歸意切不同芳草綠萋萋

兩兩黃鸝色似金裊枝啼露動芳音春來幸自長如線可惜牽纏蕩子心

織錦機邊鶯語頻停梭垂淚憶征人塞門三月猶蕭索縱有垂楊未覺春

〔評〕

鄭文焯曰。宋人詩好處便是唐詞。然飛卿楊柳枝八首。終爲宋詩中振絕之境。蘇黃不能到也。唐人以餘力爲詞。而骨氣奇高。文藻溫麗。有宋一代學人。專志於此。駸駸入古。畢竟不能脫唐五代之窠臼。其道亦難矣。（鄭評花間集）

南歌子

鬌墮低梳髻連娟細掃眉終日兩相思爲君憔悴盡百花時

臉上金霞細眉間翠鈿深欹枕覆鴛衾隔簾鶯百囀感君心

〔評〕

譚獻曰。百花時三字加倍法。亦重筆也。（譚評詞辨）

遐方怨

花半坼雨初晴未卷珠簾夢殘惆悵聞曉鶯宿妝眉淺粉山橫約鬢鸞鏡裏繡羅輕

夢江南

千萬恨恨極在天涯山月不知心裏事水風空落眼前花搖曳碧雲斜

梳洗罷獨倚望江樓過盡千帆皆不是斜暉脈脈水悠悠腸斷白蘋洲

〔評〕

譚獻曰。猶是盛唐絕句。（譚評詞辨）

河傳

湖上閒望雨蕭蕭煙浦花橋路遙謝娘翠蛾愁不銷終朝夢魂迷晚潮　蕩子天涯

歸棹遠。春已晚。鶯語空腸斷。若耶溪。溪水西。柳堤。不聞郎馬嘶。

右溫庭筠詞十五首錄自花間集

（作者小傳）

溫庭筠者。太原人。本名岐。字飛卿。大中初。應進士。苦心硯席。尤長於詩賦。初至京師。人士翕然推重。然士行塵雜。不修邊幅。能逐絃吹之音。爲側豔之詞。公卿家無賴子弟裴誠令狐縞之徒。相與蒱飲。酣醉終日。由是累年不第。徐商鎮襄陽。往依之。署爲巡官。咸通中。失意歸江東。路由廣陵。心怨令狐綯在位時不爲成名。既至。與新進少年狂遊狹邪。久不刺謁。又乞索於楊子院。醉而犯夜。爲虞候所捕。敗面折齒。方還揚州。訴之令狐綯。捕虞候治之。極言庭筠狹邪醜迹。乃兩釋之。自是汙行聞于京師。庭筠自至長安。致書公卿間雪冤。屬徐商知政事。頗爲言之。無何。商罷相出鎮。楊收怒之。貶方城尉。再遷隋縣卒。（舊唐書卷一百九十下）其詞有金荃集。取其香而軟也。（北夢瑣言）惜與握蘭集俱不傳。諸家選本以花間集收六十六首爲最多。尊前集收五首。全唐詩附錄收五十九首。至彊村叢書中之金匳集。雖署飛卿。而中雜韋莊張泌歐陽烱之作。溫詞僅得六十三首。天壤間殆不復有全本矣。

〔集評〕

黃昇云。飛卿詞極流麗。宜爲花間集之冠。（唐宋諸賢絕妙詞選）

劉熙載云。溫飛卿詞精妙絕人。然類不出乎綺怨。（藝概）

謝章鋌云。溫尉詞當看其清眞。不當看其繁縟。胡元任謂庭筠工於造語。極爲奇麗。（見苕溪漁隱叢話）然如更漏子云。梧桐樹云云。語彌淡。情彌苦。非奇麗爲佳矣。（賭棊山莊詞話）

周濟云。詞有高下之別。有輕重之別。飛卿下語鎭紙。端己揭響入雲。可謂極兩者之能事。張皋文云。飛卿之詞。深美閎約。信然。又云。飛卿醞釀最深。故其言不怒不懾。備剛柔之氣。又云。鍼縷之密。南宋人始露痕迹。花間極有渾厚

氣象。如飛卿則神理超越。不復可以迹象求矣。然細繹之。正字字有脈絡。（介存齋論詞雜著）

王國維云。張皋文謂飛卿之詞。深美閎約。余謂此四字。唯馮正中足以當之。劉融齋謂飛卿詞精豔絕人。差近之耳。（人間詞話）

皇甫松

浪淘沙

灘頭細草接疎林。浪惡罾舡半欲沈。宿鷺眠鷗飛舊浦。去年沙觜是江心。

蠻歌豆蔻北人愁。蒲雨杉風野艇秋。浪起鵁鶄眠不得。寒沙細細入江流。

〔評〕

湯顯祖曰。桑田滄海。一語破盡。（案謂沙觜江心一語）紅顏變爲白髮。美少年化爲雞皮老翁。感慨係之矣。（湯評花間集）

夢江南

蘭燼落屏上暗紅蕉閒夢江南梅熟日夜舡吹笛雨蕭蕭人語驛邊橋
樓上寢殘月下簾旌夢見秣陵惆悵事桃花柳絮滿江城雙髻坐吹笙

〔作者小傳〕

皇甫松字子奇。湜之子。自稱檀子。(全唐詩卷十三)爲牛僧孺甥。以天仙子詞著名。(黃昇語引見詞林紀事)花間集列之溫庭筠之下。韋莊之上。而稱之爲先輩。又花間稱人皆舉官銜。惟松稱先輩。當係不曾爲官。(鄭振鐸說)其詞存於花間集者共十一首。含思哀惋。凄清入骨。視溫氏作風。故自不同。

韋莊

浣溪沙

清曉妝成寒食天柳毬斜裊間花鈿捲簾直出畫堂前　指點牡丹初綻朵日高猶自凭朱欄含嚬不語恨春殘

惆悵夢餘山月斜孤燈照壁背紅紗小樓高閣謝娘家　暗想玉容何所似一枝春

雪凍梅花滿身香霧簇朝霞。（湯顯祖云。以暗想句問起。見下二句形容快絕。）

夜夜相思更漏殘。傷心明月凭欄干。想君思我錦衾寒。咫尺畫堂深似海。憶來唯把舊書看。幾時攜手入長安。（湯云。想君憶來二句。皆意中意。言外言也。水中着鹽。甘苦自知。）

荷葉杯

記得那年花下。深夜。初識謝娘時。水堂西面畫簾垂。攜手暗相期。惆悵曉鶯殘月。相別。從此隔音塵。如今俱是異鄉人。相見更無因。

〔評〕

湯顯祖云。情景逼眞。自與尋常豔語不同。（湯評花間集）

鄭文焯云。鍾中偉云。觀古今勝語。多非補假。皆由直尋。於韋詞益信其言。（鄭評花間集）

清平樂

野花芳草寂寞關山道柳吐金絲鶯語早惆悵香閨暗老　羅帶悔結同心獨凭朱欄思深夢覺半牀斜月小窗風觸鳴琴

天仙子

深夜歸來長酩酊扶入流蘇猶未醒醺醺酒氣麝蘭和驚睡覺笑呵呵長道人生能幾何

蟾彩霜華夜不分天外鴻聲枕上聞繡衾香冷嬾重薰人寂寂葉紛紛纔睡依前夢見君

夢覺雲屏依舊空杜鵑聲咽隔簾櫳玉郎薄倖去無蹤一日日恨重重淚界蓮腮兩線紅

思帝鄉

春日遊杏花吹滿頭陌上誰家年少足風流妾擬將身嫁與一生休縱被無情棄不能羞

〔評〕

賀裳云。小詞以含蓄爲佳。亦有作決絕語而妙者。如韋莊誰家年少足風流。妾擬將身嫁與一生休。縱被無情棄。不能羞之類是也。牛嶠須作一生拚盡君今日歡。抑亦其次。（皺水軒詞筌）

訴衷情

燭燼香殘簾半捲△夢初驚◎花欲謝◎深夜◎月朧明◎何處按歌聲◎輕輕◎舞衣塵暗生◎負春情◎

女冠子

四月十七◎正是去年今日◎別君時◎忍淚佯低面△含羞半斂眉◎　不。知。魂。已。斷△空。有。夢。相。隨◎除却天邊月△沒人知◎

昨夜夜半◎枕上分明夢見◎語多時◎依舊桃花面△頻低柳葉眉◎　半羞還半喜△欲去又依依◎覺。來。知。是。夢△不。勝。悲◎

木蘭花

獨上小樓春欲暮愁望玉關芳草路消息斷不逢人卻斂細眉歸繡戶　坐看落花
空歎息羅袂濕斑紅淚滴千山萬水不曾行魂夢欲教何處覓

右韋莊詞十三首錄自花間集

（作者小傳）

韋莊字端己。杜陵人。僖宗廣明元年。應舉入長安。時值黃巢之亂。莊陷重圍。又為病困。至中和三年。入洛陽。三月。作秦婦吟。黃巢亂後。莊益窘。移家於越。周游南方。其弟妹於南方各縣散居焉。（見唐才子傳）其游蹤所至。自金陵．蘇州．揚州．浙西．湖北．湖南．江西．安徽．皆有題詠。（見浣花集）至昭宗景福二年。始還京師。次年（乾寧元年）成進士。授職為校書郎。乾寧三年。奉使入蜀。不久卽歸。昭宗光化元年。莊表陸龜蒙及孟郊等十八人皆贈右補闕。（據唐書龜蒙傳）三年。再入蜀。天復二年。王建留掌書記。尋以起居舍人召。建表留之。二年。於浣花溪尋得杜工部遺址。雖蕪沒已久。而砥柱猶存。因命其弟藹芟夷結茅爲一室。三年。藹爲編次所爲詩名浣花集。（以上參考韋藹浣花集序）宣宗天祐四年唐亡。王建稱尊建國。一切典制法度。多出莊手。拜左散騎常侍進吏部侍郎。判中書門下事。累官至吏部尚書同平章事。前蜀四年七月。卒於成都花林坊。葬於白沙。謚文靖。（關於端己生平可參閱夏承燾之韋端己年譜及瑞典人 Lionel Ciles 所著秦婦吟之考證與校釋。）莊有浣花集五卷。其詞收入花間集者四十七首。收入全唐詩附錄者五十二首。收入尊前集者五首。收入金匳集者四十八首。去其重出。所存當不及六十首也。

〔集評〕。

周濟曰。端己詞淸豔絕倫。初日芙蓉春月柳。使人想見風度。（介存齋論詞雜著）。

王國維曰。絃上黃鶯語。端己語也。其詞品似之。又云。韋端己之詞。骨秀也。(人間詞話)

劉熙載曰。韋端己馮正中諸家詞。流連光景。惆悵自憐。蓋亦易漂搖於風雨者。若第論其吐屬之美。又何加焉。(願爲明鏡室詞話)

況周儀曰。韋文靖詞與温方城齊名。熏香掬豔。眩目醉心。尤能運密入疏。寓濃於淡。花間羣賢。殆尠其匹。(蕙風詞話續編未刊本)

薛昭蘊

浣溪沙

紅蓼渡頭秋正雨△印沙鷗跡自成行◎整鬟飄袖野風香◎　不語含嚬深浦裏△幾回愁煞棹船郎◎鷰歸帆盡水茫茫◎

簾下三間出寺牆◎滿街垂柳綠陰長◎嫩紅輕翠間濃妝◎　瞥地見時猶可可△卻來閒處暗思量◎如今情事隔仙鄉◎

傾國傾城恨有餘幾多紅淚泣姑蘇倚風凝睇雪肌膚　吳主山河空落日越王宮殿半平蕪藕花菱蔓滿重湖

小重山

春到長門春草青玉階華露滴月朧明東風吹斷玉簫聲宮漏促簾外曉啼鶯　愁極夢難成紅妝流宿淚不勝情手挼裙帶遶階行思君切羅幌暗塵生

離別難

寶馬曉鞴雕鞍羅幃乍別情難那堪春景媚送君千萬里半妝珠翠落露華寒紅蠟燭青絲曲偏能勾引淚闌干　良夜促香塵綠魂欲迷檀眉半斂愁低未別心先咽欲語情難說出芳草路東西搖袖立春風急櫻花楊柳雨凄凄

右薛昭蘊詞五首錄自花間集

〔作者小傳〕

薛昭蘊字里無攷。仕蜀至侍郎。（詞林紀事卷二）北夢瑣言云。薛澄州昭蘊。即保遜之子也。恃才傲物。亦有父風。每入朝省。弄笏而行。旁若無人。好唱浣溪沙詞。知舉後有一門生辭歸鄉里。臨歧獻規曰。侍郎重德。某乃受恩。爾後請不弄笏與唱浣沙詞。即某幸也。時人謂之至言。昭蘊詞存花間集十九首。全唐詩同尊前集錄一首。

牛嶠

望江怨

東風急。惜別花時手頻執。羅幃愁獨入。馬嘶殘雨春蕪濕。倚門立。寄語薄情郎。粉香和淚泣。

〔評〕

鄭文焯曰。文情往復。雜寫景中。致足諷味。（鄭評花間集）

況周頤曰。繁絃促柱間。有勁氣暗轉。愈轉愈深。此等佳處。南宋名作中間一見之。北宋人雖緜博如柳屯田。顧未克辦。（香海棠館詞話）

江城子

鵁鶄飛起郡城東。碧江空。半灘風。越王宮殿。蘋葉藕花中。簾捲水樓魚浪起。千片雪。雨濛濛。

右牛嶠詞二首錄自花間集

〔作者小傳〕

牛嶠字松卿。一字延峯。隴西人。唐宰相僧孺之後。乾符五年。登進士第。歷拾遺補闕校書郎。王建以節度使鎮西川。辟爲判官。及開國。拜給事中。花間集載嶠詞三十一首。全唐詩附詞載二十七首。

毛文錫

甘州遍

秋風緊。平磧鴈行低。陣雲齊。蕭蕭颯颯。邊聲四起。愁聞戍角與征鼙。青塚北。黑山西。沙飛聚散無定。往往路人迷。鐵衣冷。戰馬血沾蹄。破蕃奚。鳳凰詔下。步步躡丹梯。

醉花間

休相問。怕相問。相問還添恨。春水滿塘生。鸂鶒還相趁。　昨夜雨霏霏。臨明寒一陣。偏憶戍樓人。久絕邊庭信。

右毛文錫詞二首錄自花間集

〔作者小傳〕

毛文錫字平珪。南陽（十國春秋作高陽）人。年十四。登進士第。仕前蜀。爲翰林學士承旨。永平四年。遷禮部尚書判樞密院事。通正元年進文思殿大學士拜司徒。天漢時。宦官唐文扆譖之。貶茂州司馬。後復事孟蜀。以詞章供奉內廷。花間集錄毛詞三十一首。全唐詩同。尊前集僅錄巫山一段雲一首。

牛希濟

酒泉子

枕轉簟涼。清曉遠鐘殘夢。月光斜。簾影動。舊鑪香。　夢中說盡相思事。纖手勻雙淚。

去年書今日意斷離腸

生查子

春山煙欲收天澹稀星小殘月臉邊明别淚臨清曉　語已多情未了迴首猶重道記得綠羅裙處處憐芳草

右牛希濟詞二首錄自花間集

〔作者小傳〕

牛希濟字里待攷隴西人嶠兄子。蜀王衍時。累官至翰林學士御史中丞。蜀亡。降唐。同光三年拜爲雍州節度副使。（歷朝詞林攷鑒）希濟詞。花間集錄十一首。全唐詩錄十二首。除生查子新月曲如眉。未有團圞意。紅豆不堪看。滿眼相思淚。終日劈桃穰。人在心兒裏。兩朵隔牆花。早晚成連理一闋。爲花間所無外。餘並同。

歐陽炯

浣溪沙

相見休言有淚珠酒闌重得敍歡娛鳳屛鴛枕宿金鋪　蘭麝細香聞喘息綺羅纖縷見肌膚此時還恨薄情無

〔評〕況周頤曰。自有豔詞以來。殆莫豔於此（謂後半闋）矣。半塘僧鶩曰。奚翅豔而已。直是大且重。苟無花間詞筆。孰敢爲斯語者。（蕙風詞話）

獻衷心

見好花顏色爭笑東風雙臉上晚粧同閉小樓深閣春景重重三五夜偏有恨月明中　情未已信曾通滿衣猶自染檀紅恨不如雙燕飛舞簾櫳春欲暮殘絮盡柳條空

〔評〕鄭文焯云。飄忽而來。毫端神妙。不可思議。（鄭評花間集）

江城子

晚日金陵岸草平落霞明水無情六代繁華暗逐逝波聲空有姑蘇臺上月如西子鏡照江城

右歐陽炯詞三首錄自花間集

〔作者小傳〕

歐陽炯益州華陽人。少事王衍。爲中書舍人。後唐同光中。蜀平。隨衍至洛陽。孟知祥鎮成都。炯復來入蜀。知祥僭號。累遷門下侍郎。兼戶部尙書平章事。後從孟昶歸宋。爲散騎常侍。以開寶四年卒。年七十六。炯性坦率。無檢操。雅善長笛。(以上參攷宋史卷四百七十九本作歐陽迥)曾爲趙崇祚敍花間集。每言愁苦之音易好。懽愉之語難工。其詞大抵婉約輕和。不欲強作愁思者也。(參攷蓉城集)炯詞收入花間集者十七首。收入尊前集者三十一首。收入全唐詩者四十八首。

顧敻

河傳

棹舉舟去波光渺渺不知何處岸花汀草共依依雨微鷓鴣相逐飛　天涯離恨江聲咽啼猿切此意向誰說倚蘭橈獨無聊魂銷小罏香欲焦

〔評〕

況周頤曰。毫不著力自然清遠。（餐櫻廡詞話）

浣溪沙

紅藕香寒翠渚平月籠虛閣夜蛩清塞鴻驚夢兩牽情　寶帳玉罏殘麝冷羅衣金縷暗塵生小窗孤燭淚縱橫

訴衷情

永夜拋人何處去絕來音香閣掩眉斂月將沈爭忍不相尋怨孤衾換我心爲你心始知相憶深

荷葉杯

一去又乖期信春盡滿院長莓苔手挼裙帶獨徘徊來麼來來麼來

右顧敻詞四首錄自花間集

〔作者小傳〕

顧敻字及占籍待攷。前蜀通正時。以小臣給事內庭。久之。擢茂州刺史。後事孟知祥。累遷至太尉。（詞林攷鑒）敻詞見花間集者五十五首。全唐詩同。

〔集評〕

況周頤云。顧敻豔詞多質樸語。妙在分際恰合。孫光憲便涉俗。又云。顧太尉。五代豔詞上駟也。工緻麗密。時復清疏。以豔之神與骨為清。其豔乃益入神入骨。其體格如宋院畫工筆折枝小幀。非元人設色所及。（蕙風詞話）

孫光憲

酒泉子

空磧無邊萬里陽關道路馬蕭蕭人去去隴雲愁　香貂舊製戎衣窄胡霜千里白綺羅心魂夢隔上高樓

八拍蠻

孔雀尾拖金線長怕人飛起入丁香越女沙頭爭拾翠相呼歸去背斜陽

思帝鄉

如何遣情情更多永日水堂簾下斂羞蛾六幅羅裙窣地微行曳碧波看盡滿池疏雨打團荷

謁金門

留不得留得也應無益白紵春衫如雪色揚州初去日　輕別離甘拋擲江上滿帆風疾卻羨綵鴛三十六孤鸞還一隻

漁歌子

泛流螢明又滅夜涼水冷東灣闊風浩浩笛寥寥萬頃金波澄澈　杜若洲香郁烈

一聲宿雁霜時節◎經霅水△過松江△盡屬儂家日月◎

右孫光憲詞五首錄自花間集

〔作者小傳〕

孫光憲字孟文。貴平人。仕荆南高從誨爲書記。歷官御史大夫。嘗勸高繼冲獻三州地。宋太祖授黃州刺史。乾德中卒。（詞林紀事）光憲遘兵戈之際。以金帛購書萬卷著北夢瑣言亦多採詞家逸事。（詞林紀事引花間集）其詞見花間集者六十首。見尊前集者二十三首。見全唐詩者八十首。

鹿虔扆

臨江仙

金鎖重門荒苑靜△綺窗愁對秋空◎翠華一去寂無蹤◎玉樓歌吹△聲斷已隨風◎　烟月不知人事改△夜闌還照深宮◎藕花相向野塘中◎暗傷亡國△清露泣香紅◎

右鹿虔扆詞一首錄自花間集

〔作者小傳〕

鹿虔扆字籍待攷。孟蜀時。登進士第。累官爲學士。廣政間。出爲永泰軍節度使。進檢校太尉。加太保。（詞林攷鑒卷五）先是虔扆與歐陽炯。韓琮。閻選。毛文錫等。俱以工小詞供奉後主。（十國春秋）國亡不仕。詞多感慨之音。（樂府紀聞）花間集存鹿詞六首。全唐詩同。

〔集評〕

倪瓚曰。鹿公抗志高節。偶爾寄情倚聲。而曲折盡變。有無限感慨淋漓處。（古今詞話引）

李珣

酒泉子

雨漬花零。紅散香凋池雨。岸別情遙。春歌斷。掩銀屏。　孤帆早晚離三楚。閒理鈿箏愁幾許。曲中情。絃上語。不堪聽。

秋雨聯緜聲散敗荷叢裏那堪深夜枕前聽酒初醒　牽愁惹思更無停燭暗香凝
天欲曙細和烟冷和雨透簾中（鄭文焯云中疑巾或旌之譌）

右李珣詞二首錄自花間集

〔作者小傳〕

李珣字德潤梓州人王衍昭儀李舜絃兄也（詞林紀事卷二）其先波斯人珣有詩名以秀才豫賓貢事蜀主衍國亡不仕有瓊瑤集多感慨之音（茅亭客話）其詞見花間集者三十七首見全唐詩者五十四首

〔集評〕

況周頤云李秀才詞清婉之筆下開北宋人體格（蕙風詞話）

南唐後主李煜

虞美人

春花秋月何時了往事知多少小樓昨夜又東風故國不堪回首月明中　雕闌玉

砌應猶在只是朱顏改問君能有幾多愁恰似一江春水向東流

侯刻應猶作依然。能作都。

子夜歌

人生愁恨何能免銷魂獨我情何限故國夢重歸覺來雙淚垂 高樓誰與上長記秋晴望往事已成空還如一夢中

清平樂

別來春半觸目愁腸斷砌下落梅如雪亂拂了一身還滿 雁來音信無憑路遙歸夢難成離恨恰如春草更行更遠還生

喜遷鶯

曉月墮宿雲微無語枕頻欹夢回芳草思依依天遠雁聲稀 啼鶯散餘花亂寂寞畫堂深院片紅休掃儘從伊留待舞人歸

侯刻頻作憑。

蝶戀花

遙夜亭皋閒信步纔過清明早覺傷春暮數點雨聲風約住朦朧澹月雲來去 桃

侯刻信作倒。

侯刻下注本事曲以為山東李冠作。

李依依春暗度◎誰在秋千△笑裏低低語◎一片芳心千萬緒◎人間沒箇安排處◎

烏夜啼

林。花。謝。了。春。紅◎太。匆。匆◎無。奈。朝。來。寒。雨。晚。來。風◎　胭。脂。淚◎留。人。醉◎幾。時。重◎自。是。人。生。長。恨。水。長。東◎

〔評〕譚獻曰。前半闋濡染大筆。（譚評詞辨）

侯刻緺作羅。當誤。如和侯刻作相和。

長相思

雲一緺◎玉一梭◎淡淡衫兒薄薄羅◎輕顰雙黛螺◎　秋風多◎雨如和◎簾。外。芭。蕉。三。兩。窠◎夜。長。人。奈。何◎

侯刻無此詞。

浣溪沙

轉。燭。飄。蓬。一。夢。歸◎欲。尋。陳。蹟。悵。人。非◎天。教。心。願。與。身。違◎　待月池臺空逝水△蔭花樓閣謾斜暉◎登。臨。不。惜。更。霑。衣◎

浪淘沙

侯刻闌珊作將闌。不耐作不暖。江山作關山春去也作歸去也。

侯刻桁作行。

簾外雨潺潺春意闌珊羅衾不耐五更寒夢裏不知身是客一晌貪歡　獨自莫凭闌無限江山別時容易見時難流水落花春去也天上人間

往事只堪哀對景難排秋風庭院蘚侵階一桁珠簾閒不卷終日誰來　金劍已沈埋壯氣蒿萊晚涼天淨月華開想得玉樓瑤殿影空照秦淮

評

譚獻曰。雄奇幽怨。乃兼二難。後起稼軒。稍傖父矣。（譚評詞辨）

憶江南

侯刻憶作望。

侯刻二首刻作一首。誤。霑袖作斷臉。滴作說。月明作淚時。

侯刻二首刻作一首。且題作望江梅。誤。愁殺作忙殺。暮作遠。

多少恨昨夜夢魂中還似舊時遊上苑車如流水馬如龍花月正春風

多少淚霑袖復橫頤心事莫將和淚滴鳳笙休向月明吹腸斷更無疑

閒夢遠南國正芳春船上管弦江面綠滿城飛絮混輕塵愁殺看花人

閒夢遠南國正淸秋千里江山寒色暮蘆花深處泊孤舟笛在月明樓

侯刻無此詞。

相見歡

無言獨上西樓月如鉤寂寞梧桐深院鎖清秋　剪不斷理還亂是離愁別是一般滋味在心頭

侯刻尊罍作尊前。難禁作難任。

虞美人

風回小院庭蕪綠柳眼春相續凭闌半日獨無言依舊竹聲新月似當年　笙歌未散尊罍在池面冰初解燭明香暗畫樓深滿鬢清霜殘雪思難禁

右李後主詞十六首錄自侯刻名家詞集南唐二主詞

〔作者小傳〕

後主名煜。字重光。元宗（李璟）第六子、初名從嘉。以次封吳王。元宗十九年。立爲太子。元宗南巡。留金陵監國。旋嗣位於金陵。在位十有五年。至開寶八年。國滅入宋。太平興國三年七月八日。被害。殂年四十二。後主初嗣位。以愛民爲急。蠲賦息役。以裕民力。尊事中原。不憚卑屈。境內賴以少安。殂問至江南。父老有巷哭者。然酷好浮屠。崇塔廟。頗廢政事。故雖仁愛足感遺民。而卒不能保社稷云。（以上參考陸游南唐書卷三）後主詞傳世者計四十六闋。全唐詩載三十四闋。尊前集載八闋。刻本以劉繼曾校箋本王國維校記本爲最善。

〔集評〕

胡應麟曰。後主目重瞳子。樂府爲宋人一代開山。蓋溫韋雖藻麗。而氣頗傷促。意不勝辭。至此君方爲當行作家。淸便宛轉。詞家王孟。（詩藪雜編）

王世貞曰。花間猶傷促碎。至南唐李王父子而妙矣。（藝苑卮言）

沈謙曰。男中李後主。女中李易安。極是當行本色。（徐釚詞苑叢談引）又曰。後主疎於治國。在詞中猶不失爲南面王。覺張郎中宋尙書直衙官耳。（沈雄古今詞話引）

納蘭成德曰。花間之詞。如古玉器。貴重而不適用。宋詞適用而少質重。李後

主兼有其美。兼饒烟水迷離之至。（淥水亭雜識）

余懷曰。李重光風流才子。誤作人主。至有入宋牽機之恨。其所作之詞。一字一珠。非他家所能及也。（玉琴齋詞序）

周之琦曰。予謂重光天籟也。恐非人力所及。（詞評）

周濟曰。李後主詞。如生馬駒。不受控捉。又云。毛嬙西施。天下美婦人也。嚴妝佳。淡妝亦佳。粗服亂頭。不掩國色。飛卿。嚴妝也。端己。淡妝也。後主則粗服亂頭矣。（介存齋論詞雜著）

譚獻曰。後主之詞。足當太白詩篇。高奇無匹。（譚評詞辨）

陳廷焯曰。後主詞思路悽惋。詞場本色。不及飛卿之厚。自勝牛松卿輩。余嘗謂後主之視飛卿。合而離者也。端己之視飛卿。離而合者也。又云。李後主。晏叔原。皆非詞中正聲。而其詞則無人不愛。以其情勝也。情不深而爲詞。雖雅不韻。何足感人。（白雨齋詞話）

馮煦曰。詞至南唐。二主作于上。正中和于下。詣微造極。得未曾有。宋初諸家。靡不祖述二主。憲章正中。譬之歐虞褚薛之書。皆出逸少。（陽春集序）

王鵬運曰。蓮峯居士（後主別號）詞。超逸絕倫。虛靈在骨。芝蘭空谷。未足比其芳華。笙鶴瑤天。詎能方茲清怨。後起之秀。格調氣韻之間。或月日至。得十一於千百。若小晏。若徽廟。其殆庶幾。斷代南渡。嗣音閴然。蓋間氣所鍾。以謂詞中之帝。當之無媿色矣。（半塘老人遺稿）

王國維曰。詞至李後主。而眼界始大。感慨遂深。遂變伶工之詞。而爲士大夫之詞。周介存置諸溫韋之下。可謂顛倒黑白矣。又云。詞人者。不失其赤子之心者也。故生於深宮之中。長於婦人之手。是後主爲人君所短處。亦卽爲詞人所長處。又云。客觀之詩人。不可不多閱世。閱世愈深。則材料愈豐富。愈變化。水滸紅樓夢之作者是也。主觀之詩人。不必多閱世。閱世愈淺。則性情愈眞。李後主是也。又云。尼采謂一切文學。余愛以血書者。後主之詞。眞所謂以血書者也。宋道君皇帝燕山亭詞。亦略似之。然道君不過自道身世之感。後主則儼有釋迦基督擔荷人類罪惡之意。其大小固不同矣。又云。唐五代之詞。有句而無篇。南宋名家之詞。有篇而無句。有篇有句。唯李後主降宋後之作。及永叔．少游．美成．稼軒數人而已。（人間詞話）

馮延巳

采桑子

華前失卻遊春侶△獨自尋芳◎滿目悲涼◎縱有笙歌亦斷腸◎　林間戲蝶簾間燕△各自雙雙◎忍更思量◎綠樹青苔半夕陽◎

酒泉子

芳草長川◎柳映危橋橋下路◎歸鴻飛△行人去◎碧山邊◎　風微烟淡雨蕭然◎隔岸馬嘶何處◎九迴腸△雙臉淚◎夕陽天◎

謁金門

楊柳陌。寶馬嘶空無迹。新著荷衣人未識。年年江海客。　夢覺巫山春色。醉眼花飛狼藉。起舞不辭無氣力。愛君吹玉笛。

風乍起。吹皺一池春水。閒引鴛鴦香徑裏。手挼紅杏蕊。　鬬鴨闌干獨倚。碧玉搔頭斜墜。終日望君君不至。舉頭聞鵲喜。

歸自謠

何處笛。終夜夢魂情脈脈。竹風檐雨寒窗滴。　離人數歲無消息。今頭白。不眠特地重相憶。

春豔豔。江上晚山三四點。柳絲如翦花如染。　香閨寂寂門半掩。愁眉斂。淚珠滴破燕脂臉。

長命女

春日宴。綠酒一杯歌一遍。再拜陳三願。一願郎君千歲。二願妾身長健。三願如同梁上燕。歲歲長相見。

四印齋本流作秋。又注曰一作清。

拋球樂

酒罷歌餘興未闌小橋流水共盤桓波搖梅蕊當心白風入羅衣貼體寒且莫思歸去須盡笙歌此夕歡

三臺令

春色春色依舊青門紫陌日斜柳暗花嫣（原作蔫）醉臥誰家少年年少年少行樂直須及早

明月明月照得離人愁絕更深影入空牀不道幃屏夜長長夜長夜夢到庭花陰下

南浦南浦翠鬢離人何處當時攜手高樓依舊樓前水流流水流水中有傷心雙泪

喜遷鶯

宿鶯啼鄉夢斷春樹曉朦朧殘鐙和燼閉朱櫳人語隔屏風　香已寒鐙已絕忽憶去年離別石城花雨倚江樓波上木蘭舟

右馮延巳詞十二首錄自四印齋本陽春集

〔作者小傳〕

馮延巳字正中。一名延嗣。廣陵人。南唐元宗優待藩邸舊僚。自元帥府書記爲校書郎。累官翰林學士承旨進中書侍郎。出知撫州。秩滿還朝。拜左僕射同平章事。改太子太傅。建隆元年五月乙丑卒。年五十八。延巳工詩。雖貴且老不廢。如宮瓦數行曉日。龍旗百尺春風。識者謂有元和詞人氣格。又以金陵盛時。內外無事。朋僚親舊。或當燕集。多運藻思。爲樂府新詞。俾歌者倚絲竹而歌之。元宗嘗因曲宴內殿。從容謂曰。吹皺一池春水。何干卿事。延巳對曰。安得如陛下小樓吹徹玉笙寒之句。其君臣相謔乃如此。（以上參考陸游南唐書卷十一及四印齋本陳世修陽春集序）有陽春集一卷。王氏四印齋刻本凡一百十九首。又補遺七首。

〔集評〕

陳世修曰。思深辭麗。均律調新。眞淸奇飄逸之才也。（陽春集序）

劉熙載曰。馮正中詞。晏同叔得其俊。歐陽永叔得其深。（藝概）

馮煦曰。詞雖導源李唐。然太白·樂天興到之作。非其顓詣。逮於季葉。茲事始鬯。温韋崛興。專精令體。南唐起於江左。祖上聲律。二主倡於上。翁（延己）和於下。遂爲詞家淵叢。翁頫仰身世。所懷萬端。繆悠其辭。若顯若晦。揆之六義。比興爲多。若三臺令·歸國謠·蝶戀花諸作。其旨隱。其詞微。類勞人思婦羈臣屏子鬱伊愴怳之所爲。翁何致而然耶。（陽春集序）又曰。吾家正中翁。鼓吹南唐上翼二主下啓歐晏實正變之樞紐。短長之流別。（唐五代詞選敍）

況周頤曰。陽春一集。爲臨川珠玉所宗。愈瓌麗。愈醇樸。南渡名家。霑丐膏馥。輒臻上乘。（蕙風詞話未刊稿）

王國維曰。馮正中詞。雖不失五代風格。而堂廡特大。開北宋一代風氣。與中後二主詞。皆在花間範圍之外。宜花間集中不登其隻字也。（人間詞話）

編者案花間集多西蜀詞人。不采二主及正中詞。當由道里隔絕。又年歲不相及。有以致然。非因流派不同。遂爾遺置也。王說非是。

張泌

浣溪沙

馬上凝情憶舊遊。照花淹竹小溪流。鈿箏羅幕玉搔頭。　早是出門長帶月。可堪分袂又經秋。晚風斜日不勝愁。

枕障燻鑪隔繡幃。二年終日兩相思。杏花明月始應知。　天上人間何處去。舊歡新夢覺來時。黃昏微雨畫簾垂。

柳枝

膩粉瓊妝透碧紗。雪休誇。金鳳搔頭墜鬢斜。髮交加。　倚著雲屏新睡覺。思夢笑。紅腮隱出枕函花。有些些。

宋本花間集墜作墮。當從。

胡蝶兒

胡蝶兒◎晚春時◎阿嬌初著淡黃衣倚窗學畫伊◎ 還似花間見△雙雙對對飛◎無端和淚拭胭脂◎惹教雙翅垂◎

右張泌詞四首錄自花間集

〔作者小傳〕

張泌（宋詩紀事作張佖）字子澄。淮南人。初官句容尉。上書陳治道。後主徵爲監察御史。歷考功員外郎。進中書舍人。改內史舍人。後歸宋。仍入史館。遷郎中。歸寓毘陵。有集一卷。（詞林攷鑒稿本）近人胡適頗疑花間集中之張泌。與南唐張泌。別是一人。其理由謂花間集結集於九百四十年。其時南唐建國不及四年。後主嗣位在九百六十一年。相距二十餘年。而花間集中已稱張舍人泌。花間稱人官爵皆就結集時言。故和凝但稱學士而不稱相。疑此張泌亦爲蜀人。（參看胡適詞選二十頁）其說近是。且花間所采。不及馮正中。是爲地域所限。不應獨於張氏爲例外也。花間集錄張詞二十

七首全唐詩同

潘閬

憶餘杭

長憶錢塘不是人寰是天上萬家掩映翠微間處處水潺潺異花四季當牕放出入分明在屏障別來隋柳幾經秋何日得重遊

長憶錢塘臨水傍山三百寺僧房攜杖徧曾遊閒話覺忘憂旃檀樓閣雲霞畔鐘梵清宵徹天漢別來遙禮祇焚香便恐是西方

長憶西湖湖上春來無限景吳姬箇箇是神仙競泛木蘭船樓臺簇簇疑蓬島野人祇合其中老別來已是二十年東望眼將穿

長憶西湖盡日憑闌樓上望三三兩兩釣魚舟島嶼正清秋笛聲依約蘆花裏白鳥成行忽驚起別來閒整釣魚竿思入水雲寒

長憶孤山山在湖心如黛簇僧房四面向湖開輕棹去還來芰荷香噴連雲閣閣

上淸聲簷下鐸別來塵土汚人衣空役夢魂飛

長憶西山靈隱寺前三竺後冷泉亭上幾行遊三伏似清秋 白猿時見攀高樹長嘯一聲何處去別來幾向畫闌（詞綜作畫圖）看終是欠峯巒

長憶高峯峯上塔高塵世外昔年獨上最高層月出見微棱 舉頭咫尺疑天漢星斗分明在身畔別來無翼可飛騰何日得重登

長憶吳山山上森森伍相廟廟前江水怒爲濤千古恨猶高 寒雅日暮鳴還聚時有陰雲籠殿宇別來有負謁靈祠遙奠酒盈巵

長憶龍山日月宮中誰得到宮中旦暮聽潮聲臺殿竹風清 門前歲歲生靈草人采食之多不老別來已白數莖頭早晚卻重遊

長憶觀潮滿郭人爭江上望來疑滄海盡成空萬面鼓聲中 弄潮兒向濤頭立手把紅旗旗不溼別來幾向夢中看夢覺尚心寒

右潘閬詞十首錄自四印齋宋元三十一家詞本逍遙詞

〔作者小傳〕

潘閬字逍遙。大名人。嘗居錢塘。放懷湖山。隨意吟詠。詞翰飄灑。非俗子所可仰望。太宗召對。賜進士第。坐事遁中條山。後收繫。眞宗釋其罪。以爲滁州參軍卒。（參攷王刻逍遙詞武夷黃靜後記及詞林紀事卷三） 閬詞以王刻十首爲最多。其爲世傳誦者。僅朱氏詞綜所載三首而已。古今詞話稱潘逍遙狂逸不羈。往往有出塵之語。自製憶餘杭三首（張宗橚云。按湘山野錄。潘閬自度曲因憶西湖諸勝。故名憶餘杭。詞綜詞律俱作酒泉子者誤） 一時盛傳。東坡愛之。書於玉堂屏風。石曼卿使畫工繪之作圖。

〔評〕

陸子遹曰。句法清古。語帶煙霞。近時罕及。（逍遙詞跋）

晏殊

浣溪沙

一曲新詞酒一杯◎去年天氣舊池臺◎夕陽西下幾時迴◎　無可奈何花落去似曾相識燕歸來小園香徑獨徘徊◎

〔附錄〕

詞林紀事。元獻尚有示張寺丞王校勘七律一首。上巳清明假未開。小園幽徑獨徘徊。春寒不定斑斑雨。宿醉難禁灩灩杯。無可奈何花落去。似曾相識燕歸來。遊梁賦客多風味。莫惜青錢萬選才。中三句與此詞同。只易一字。細玩無可奈何一聯。情致纏綿。音調諧婉。的是倚聲家語。若作七律。未免軟弱矣。並錄於此。以諗知言之君子。

花草蒙拾。或問詩詞詞曲分界。予曰。無可奈何花落去。似曾相識燕歸來。定非香匳詩。良辰美景奈何天。賞心樂事誰家院。（牡丹亭傳奇中語）定非草堂詞也。

浣溪沙

一向年光有限身。等閒離別易銷魂。酒筵歌席莫辭頻。　滿目山河空念遠。落花風雨更傷春。不如憐取眼前人。

清平樂

金風細細。葉葉梧桐墜。綠酒初嘗人易醉。一枕小窗濃睡。　紫薇朱槿花殘。斜陽卻照闌干。雙燕欲歸時節。銀屏昨夜微寒。

木蘭花

綠楊芳草長亭路。年少拋人容易去。樓頭殘夢五更鐘。花底離愁三月雨。　無情不似多情苦。一寸還成千萬縷。天涯地角有窮時。只有相思無盡處。

宋六十名家詞無此闋。

踏莎行

小徑紅稀。芳郊綠徧。高臺樹色陰陰見。春風不解禁楊花。濛濛亂撲行人面。　翠葉藏鶯。朱簾隔燕。鑪香靜逐游絲轉。一場愁夢酒醒時。斜陽卻照深深院。

〔評〕

譚獻曰。刺詞。高臺樹色陰陰見正與斜陽相映。（譚評詞辨）

清商怨

關河愁思望處滿漸素秋向晚鴈過南雲行人回淚眼　雙鸞衾裯悔展夜又永枕孤人遠夢未成歸梅花聞塞管

相思兒令

昨日探春消息湖上綠波平無奈遶堤芳草還向舊痕生　有酒且醉瑤觥更何妨檀板新聲誰教楊柳千絲就中牽繫人情

撼庭秋

別來音信千里恨此情難寄碧紗秋月梧桐夜雨幾回無寐　樓高目斷天遙雲黯只堪顦顇念蘭堂紅燭心長焰短向人垂淚

右晏殊詞八首錄自汲古閣宋六十家詞本珠玉詞

〔作者小傳〕

晏殊字同叔。撫州臨川人。七歲能屬文。景德初。（眞宗）張知白安撫江南。以神童薦之。帝召殊與進士千餘人並試廷中。殊神氣不懾。援筆立成。帝嘉賞。賜同進士出身。慶曆中。（仁宗）拜集賢殿學士。同平章事。兼樞密使。殊平居好賢。當世知名之士。如范仲淹、孔道輔、皆出其門。及爲相。益務進賢材。而仲淹與韓琦、富弼、皆進用。四年罷相。至和二年卒。諡元獻。文章贍麗。應用不窮。尤工詩。閒雅有情思。（以上參考宋史卷三百十一殊本傳）間作小詞。其暮子幾道云。先公爲詞。未嘗作婦人語也。（以上參攷毛晉珠玉詞跋）傳世有珠玉詞一卷。見汲古閣宋六十一家詞中。

〔集評〕

劉攽曰。晏元獻尤喜馮延己歌詞。其所自作。亦不減延己樂府。（貢父詩話）

王灼曰。晏元獻公長短句。風流蘊藉。一時莫及。而溫潤秀潔。亦無其比。（碧雞漫志）

范仲淹

漁家傲

塞下秋來風景異衡陽雁去無留意四面邊聲連角起千嶂裏長煙落日孤城閉
濁酒一杯家萬里燕然未勒歸無計羌管悠悠霜滿地人不寐將軍白髮征夫淚

〔評〕

譚獻曰沈雄似張巡五言（譚評詞辨）

蘇幕遮

懷舊

碧雲天黃葉地秋色連波波上寒烟翠山映斜陽天接水芳草無情更在斜陽外
黯鄉魂追旅思夜夜除非好夢留人睡明月樓高休獨倚酒入愁腸化作相思淚

〔評〕

譚獻曰大筆振迅（譚評詞辨）

御街行

秋日懷舊

紛紛墜葉飄香砌。夜寂靜。寒聲碎。眞珠簾捲玉樓空。天淡銀河垂地。年年今夜。月華如練。長是人千里。　愁腸已斷無由醉。酒未到。先成淚。殘鐙明滅枕頭攲。諳盡孤眠滋味。都來此事。眉間心上。無計相違避。（一本作迴避）

〔評〕

王闓運曰。是壯語。不嫌不入律。又曰。都來郎算來也。因此字宜平。故用都字。究嫌不醒。（湘綺樓詞選）

憶王孫

秋思

颼颼風冷荻花秋。明月斜侵獨倚樓。十二珠簾不上鉤。黯凝眸。一點漁鐙古渡頭。

右范仲淹詞四首錄自彊邨叢書本范文正公詩餘

〔作者小傳〕

范仲淹字希文。其先邠人。後徙吳縣。大中祥符八年進士。仕至樞密副使。參知政事。以資政殿學士爲陝西四路宣撫使。知邠州．徙鄧州．荊南．杭州．青州．卒。諡文正。（詞林紀事卷三參攷宋史卷三百十四仲淹本傳）朱彊邨先生刻其逸詞六闋。爲范文正公詩餘。

張先

謝池春慢

玉仙觀道中逢謝媚卿

繚牆重院△時聞有△（詞林紀事作間有）啼鶯（紀事作流鶯）到◎繡被掩餘寒△畫幕（一作閣）明新曉◎朱檻連空闊△飛絮無多少◎徑莎平△池水渺◎日長風靜△花影閒相照◎香塵拂馬△逢謝女△城南道◎秀豔（一作麗）過施粉△多媚生輕笑◎鬭色鮮衣薄△碾玉雙蟬小◎歡難偶△（一作遇）春過了◎琵琶流怨△（一作韻）都入相思調◎

山亭宴慢

有美堂贈彥猷主人

宴亭（一作堂）永晝喧簫鼓◎倚青空·畫闌紅柱◎玉瑩紫微人△藹和氣·春融日煦◎故宮池館更樓臺△約風月·今宵何處◎湖水動鮮衣△競拾翠·湖邊路◎　落花蕩漾愁空樹◎曉山靜·數聲杜宇◎天意送芳菲△正黯淡·疏煙逗雨◎新歡寧似舊歡△長此會·散幾時還聚◎爲○揾○飛○雲△問○解○寄·相○思○否◎

〔評〕周濟曰。結奇。（宋四家詞選）

醉垂鞭

雙蝶繡羅裙◎東池宴◎初相見◎朱粉不深勻◎閒花淡淡春◎　細看諸處好◎人人道◎柳腰身◎昨○日○亂○山○昏◎來○時○衣○上○雲◎

〔評〕

周濟曰橫絕。（宋四家詞選）

一叢花令

傷高懷遠幾時窮無物似情濃離愁（一作心）正引（一作恁）千絲亂更東（一作南）陌飛絮濛濛嘶騎漸遙征塵不斷何處認郎蹤 雙鴛池沼水溶溶南北小橈（一作橋）通梯橫畫閣黃昏後又還是斜（一作新）月簾櫳沈恨細思不如桃杏猶解嫁東（一作春）風（案此闋亦載六一詞）

卜算子慢

溪山別意煙樹去程日落采蘋春晚欲上征鞍更掩翠簾（一本下有回面二字）相眄惜彎彎淺黛長長眼奈畫閣歡遊也學狂花亂絮輕散 水影橫池館對靜夜無人月高雲遠一晌凝思兩袖淚痕還滿（一本下有難遺二字）恨私書又逐東風斷縱西北（一作夢澤）層樓萬尺（一作丈）望重（一作湖）城那見

天仙子

水調數聲持酒聽。午醉醒來愁未醒。送春春去幾時回。臨晚鏡。傷流景。往事後期空記省。　沙上並禽池上暝。雲破月來花弄影。重重簾幕密遮燈。風不定。人初靜。明日落紅應滿徑。

青門引

乍暖還輕冷。風雨晚來方定。庭軒寂寞近清明。殘花中酒。又是去年病。　樓頭畫角風吹醒。入夜重門靜。那堪更被明月。隔牆送過秋千影。

右張先詞七首錄自彊邨叢書本張子野詞

〔作者小傳〕

張先字子野。吳興人。天聖八年進士。嘗知吳江縣。又爲嘉禾郡倅。（按子野天仙子詞水調數聲闋題云。時爲嘉禾小倅。以病眠不赴府會。宋嘉禾郡。今嘉興府）。晏殊尹京兆。辟爲通判。累官都官郎中。以祕書丞歷知虢州。渝州。晚居西湖。嘗與蘇軾。陳襄諸人唱和。軾稱其詩筆老妙。歌詞乃其餘波云。彊邨叢書有張子野詞二卷。又補遺二卷。

〔集評〕

晁補之曰。張子野與柳耆卿齊名。人以爲子野不及耆卿。耆卿富。而子野韻高。是耆卿所乏處。（復齋漫錄引）

李端叔曰。子野詞才不足而情有餘。（詞林紀事引）

周濟曰。子野淸出處。生脆處。味極雋永。只是偏才。無大起落。（宋四家詞選序論）

〔附攷〕

嘉泰吳興志。子野晚歲優游鄉里。常泛扁舟垂釣爲樂。至今號張公釣魚灣。公仕至都官郎中。卒年八十九。葬卞山多寶寺之右。又玉照新志。本朝有兩張先。皆字子野。一樞密副使遜之孫。與歐陽文忠同在洛陽幕府。其後文忠爲作墓誌銘。稱其志守端方。臨事敢決者。一與東坡先生游。東坡推爲前輩。

詩中所謂詩人老去鶯鶯在。公子歸來燕燕忙。能爲樂府。號張三影者。以二說推之。則詞人張子野。自當以吳興志所言爲是。

歐陽修

踏莎行

候館梅殘溪橋柳細草薰風暖搖征轡離愁漸遠漸無窮迢迢不斷如春水　寸寸柔腸盈盈粉淚樓高莫近危闌倚平蕪盡處是春山行人更在春山外

蝶戀花

庭院深深深幾許楊柳堆煙簾幕無重數玉勒雕鞍遊冶處樓高不見章臺路　雨橫風狂三月暮門掩黃昏無計留春住淚眼問花花不語亂紅飛過鞦韆去

蝶戀花

誰道閒情拋棄久每到春來惆悵還依舊日日花前常病酒不辭鏡裏朱顏瘦　河畔青蕪隄上柳爲問新愁何事年年有獨立小橋風滿袖平林新月人歸後

宋六十名家詞本無此。

蝶戀花

幾日行雲何處去忘了歸來不道春將暮百草千花寒食路香車繫在誰家樹　淚眼倚樓頻獨語雙燕來時陌上相逢否撩亂春愁如柳絮依依夢裏無尋處

青玉案

一年春事都來幾早過了三之二綠暗紅嫣渾可事綠楊庭院暖風簾幙有箇人憔悴買花載酒長安市又爭似家山見桃李不枉東風吹客淚相思難表夢魂無據惟有歸來是

浣溪沙

湖上朱橋響畫輪溶溶春水浸春雲碧瑠璃滑淨無塵　當路遊絲縈醉客隔花嗁鳥喚行人日斜歸去奈何春

採桑子

昔者王子猷之愛竹。造門不問於主人。陶淵明之臥輿。遇酒便留於道上。況西湖之勝概。擅東潁之佳名。雖美景良辰。固多於高會。而清風明月。幸屬於閒人。並遊或結於良朋。乘興有時而獨往。鳴蛙暫聽。安問屬官而屬私。曲水臨流。自可一觴而一詠。至歡然而會意。亦傍若於無人。乃知偶來常勝於特來。前言可信。所有雖非於己有。其得已多。因翻舊闋之辭。寫以新聲之調。敢陳薄伎。聊佐清歡。（樂府雅詞）

畫船載酒西湖好。急管繁絃。玉盞催傳。穩泛平波任醉眠。　行雲卻在行舟下。空水澄鮮。俯仰留連。疑是湖中別有天。

羣芳過後西湖好。狼藉殘紅。飛絮濛濛。垂柳闌干盡日風。　笙歌散盡游人去。始覺春空。垂下簾櫳。雙燕歸來細雨中。

荷花開後西湖好。載酒來時。不用旌旗。前後紅幢綠蓋隨。　畫船撐入花深處。香泛金卮。烟雨微微。一片笙歌醉裏歸。

右歐陽修詞九首錄自汲古閣本六一詞

〔作者小傳〕

歐陽修字永叔。廬陵人。以眞宗景德四年生。四歲而孤。母鄭守節自誓。親誨之學。家貧。至以荻畫地學書。幼敏悟過人。讀書輒成誦。嘗得唐韓愈遺槀於廢書簏中。讀而心慕焉。苦志探賾。至忘寢食。必欲並轡結馳而追與之並。天聖八年。省元中進士甲科。調西京推官。始從尹洙游。爲古文議論當世事。迭相師友。與梅堯臣游。爲詩歌相倡和。遂以文章名冠天下。入朝。累擢知制誥．翰林學士。歷樞密副使．參知政事。神宗朝。遷兵部尙書。以太子少師致仕。熙寧五年卒。謚文忠。晚年自號六一居士。蘇軾敍其文曰。論大道似韓愈。論事似陸贄。記事似司馬遷。詩賦似李白。識者以爲知言。（以上參攷宋史卷三百十九及詞林紀事卷四） 修所爲長短句名六一居士詞。見汲古閣宋六十一家詞中。又名醉翁琴趣外篇。有雙照樓景刊宋金元明詞本。

〔集評〕

曾慥曰。歐公一代儒宗。風流自命。詞章窈眇。世所矜式。（樂府雅詞）

羅大經曰。歐陽雖游戲作小詞。亦無媿唐人花間集。（鶴林玉露）

尤侗曰。六一婉麗。實妙於蘇。

柳永

黃鶯兒

園林晴晝春誰主◎暖律潛催△幽谷暄和△黃鸝翩翩△乍遷芳樹◎觀露溼縷金衣△葉映如簧語◎曉來枝上緜蠻△似把芳心深意低訴◎　無據◎乍出暖煙來△又趁遊蜂去◎恣狂蹤跡△兩兩相呼△終朝霧吟風舞◎當上苑柳穠時△別館花深處◎此際海燕偏饒△都把韶光與◎

鬬百花

滿搦宮腰纖細◎年紀方當笄歲◎剛被風流沾惹△與合垂楊雙髻◎初學嚴妝△如描似削身材△怯雨羞雲情意◎舉措多嬌媚◎　爭奈心性△未會先憐佳壻◎長是夜深△不肯便入

彊邨叢書本無方字。

鴛被與解羅裳盈盈背立銀釭卻道你但先睡

雨霖鈴

寒蟬淒切對長亭晚驟雨初歇都門帳飲無緒方留戀處蘭舟催發執手相看淚眼竟無語凝咽念去去千里煙波暮靄沈沈楚天闊　多情自古傷離別更那堪冷落清秋節今宵酒醒何處楊柳岸曉風殘月此去經年應是良辰好景虛設便總有千種風情更與何人說

〔評〕

周濟曰。清眞詞多從耆卿奪胎。思力沈摯處。往往出藍。然耆卿秀淡幽豔。實不可及。後人撫其樂章。訾爲俗筆。眞瞽說也。（宋四家詞選）

劉熙載曰。詞有點染。念去去三句。點出離別冷落。今宵二句。乃就上三句染之。點染之間。不得有他語相隔。否則警句亦成死灰。（藝概）

曲玉管

隴首雲飛江邊日晚煙波滿目憑闌久立望（宋詞三百首作一望）關河蕭索千里清秋忍凝眸（樂章集此處不分段此從宋詞三百首）杳杳神京盈盈仙子別來錦字終難偶斷鴈無憑冉冉飛下汀洲思悠悠　暗想當初有多少幽歡佳會豈知聚散難期翻成雨恨雲愁阻追游每登山臨水惹起平生心事一場消黯永日無言卻下層樓

慢卷紬

閒窗燭暗孤幃夜永欹枕難成寐細屈指尋思舊事前歡都來未盡平生深意到得如今萬般追悔空只添憔悴對好景良辰皺著眉兒成甚滋味　紅茵翠被當時事（詩律脫事字）一一堪垂淚怎生得依前似恁偎香倚暖抱着日高猶睡算得伊家也應隨分煩惱心兒裏又爭似從前淡淡相看免恁牽繫

浪淘沙慢

夢覺透窗風一綫寒燈吹息那堪酒醒又聞空階夜雨頻滴嗟因循久作天涯客負

佳人．幾許盟言△便忍把．從前歡會△陡頓翻成憂戚◎ 愁極◎再三追思△洞房深處△幾度飲散歌闌△（詞律作闋）香暖鴛鴦被△豈暫時疎散△費伊心力◎殢雲尤雨△有萬般千種△相憐相惜◎ 恰到如今△天長漏永△無端自家疏隔◎知何時•卻擁秦雲態△願○低○幃○昵○枕△輕○輕○細○說○與△江○鄉○夜○夜△數○寒○更○思○憶◎

定風波

自春來．慘綠愁紅△芳心是事可可◎日上花梢△鶯穿柳帶△猶壓香衾臥◎暖酥消△膩雲嚲◎終日厭厭倦梳裏◎無○那◎恨○薄○情○一○去△音○書○無○箇◎ 早知恁麼◎悔當初．不把雕鞍鎖◎向鷄窗只與△蠻牋象管△拘束教吟課◎鎮○相○隨△莫○拋○躲◎針○線○閒○拈○伴○伊○坐◎和○我◎免○使○年○少○光○陰○虛○過◎

（附錄）

畫墁錄。柳三變既以詞忤仁廟。吏部不放改官。三變不能堪。詣政府。晏公（殊）曰。賢俊作曲子麼。三變曰。祇如相公亦作曲子。公曰。殊雖作曲子。不曾道綵綫慵拈伴伊坐。柳遂退。

夜半樂

凍雲黯淡天氣。扁舟一葉。乘興離江渚。度萬壑千巖。越溪深處。怒濤漸息。樵風乍起。更聞商旅相呼。片帆高舉。泛畫鷁翩翩過南浦。　望中酒旆閃閃。一簇煙村。數行霜樹。殘日下。漁人鳴榔歸去。敗荷零落。衰楊掩映。岸邊兩兩三三。浣紗遊女。避行客。含羞笑相語。　到此因念。繡閣輕拋。浪萍難駐。歎後約丁寧竟何據。慘離懷。空恨歲晚歸期阻。凝淚眼。杳杳神京路。斷鴻聲遠長天暮。

〔評〕陳銳曰。此種長調。不能不有此大開大闔之筆。（袌碧齋詞話）

玉蝴蝶

望處雨收雲斷。憑闌悄悄。目送秋光。晚景蕭疏。堪動宋玉悲涼。水風輕。蘋花漸老。月露冷。梧葉飄黃。遣情傷。故人何在。煙水茫茫。　難忘。文期酒會。幾孤風月。屢變星霜。

海闊山遙未知何處是瀟湘念雙燕難憑遠信指暮天空識歸航黯相望斷鴻聲裏立盡斜陽

卜算子慢

江楓漸老汀蕙半凋滿目敗紅衰翠楚客登臨正是暮秋天氣引疏碪斷續殘陽裏對晚景傷懷念遠新愁舊恨相繼　脈脈人千里念兩處風情萬重煙水雨歇天高望斷翠峯十二儘無言誰會凭高意縱寫得離腸萬種奈歸雲誰寄

〔評〕周濟曰。後闋一氣轉注。聯翩而下。清真最得此妙。（宋四家詞選）

八聲甘州

對瀟瀟暮雨灑江天一番洗清秋漸霜風悽慘關河冷落殘照當樓是處紅衰翠減苒苒物華休惟有長江水無語東流　不忍登高臨遠望故鄉渺邈歸思難收歎年來蹤跡何事苦淹留想佳人妝樓顒望誤幾回天際識歸舟爭知我倚闌干處正恁

凝愁。

〔評〕

晁補之曰。世言耆卿曲俗非也。如霜風淒慘云云。眞不減唐人語。（復齋漫錄）

梁啓超曰。飛卿詞照花前後鏡。花面交相映。此詞境頗似之。（藝蘅館詞選）

安公子

遠岸收殘雨。雨殘稍覺江天暮。拾翠汀洲人寂靜。立雙雙鷗鷺。望幾點漁燈隱映蒹葭浦。停畫橈兩兩舟人語。道去程今夜。遙指前村煙樹。　遊宦成羈旅。短檣吟倚閒凝竚。萬水千山迷遠近。想鄉關何處。自別後。風亭月榭孤歡聚。剛斷腸惹得離情苦。聽杜宇聲聲。勸人不如歸去。

〔評〕

周濟曰。後闋音節態度。絕類拜新月慢。清眞夜色催更一闋。全從此脫化出

來。特較更跌宕耳。（宋四家詞選）

傾杯

鶩落霜洲。雁橫煙渚。分明畫出秋色。暮雨乍歇。小楫夜泊。宿葦村山驛。何人月下臨風處。起一聲羌笛。離愁萬緒。聞岸草切切蛩吟如織。　爲憶芳容別後。水遙山遠。何計憑鱗翼。想繡閣深沈。爭知憔悴損。天涯行客。楚峽雲歸。高陽人散。寂寞狂蹤迹。望京國。空目斷遠峯凝碧。

〔評〕

譚獻曰。耆卿正鋒。以當杜詩。又云。何人二句。扶質立幹。想繡閣深沈三句。忠厚悱惻。不媿大家。楚峽二句。寬處坦夷。正見家數。（譚評詞辨）

右柳永詞十三首錄自彊邨叢書本樂章集

〔作者小傳〕

柳永字耆卿。初名三變。字景莊。崇安人。（歷代詩餘詞綜並作樂安人）喜作小詞。然薄於操行。游東都南北二巷。作新樂府。骫骳從俗。天下詠之。遂傳禁中。宋仁宗頗好其詞。每對酒。必使侍妓歌之再三。三變聞之。作宮詞號醉蓬萊。因內官達後宮。且求其助。後仁宗聞而覺之。自是不復歌此詞。當時有薦其才者。上曰。得非塡詞柳三變乎。曰。然。上曰。且去塡詞。（又據能改齋漫錄。初進士柳三變好爲淫冶謳歌之曲。傳播四方。嘗有鶴冲天詞云。忍把浮名。換了淺斟低唱。及臨軒放榜。特落之。曰。且去淺斟低唱。何要浮名。）三變既以詞忤仁廟。吏部不放改官。三變不能堪。詣政府。晏公曰。賢俊作曲子麼。三變曰。祇如相公亦作曲子。公曰。殊雖作曲子。不曾道綵綫慵拈伴伊坐。柳遂退。由是不得志。日與儇子縱游娼館酒樓間。無復檢約。自稱云。奉聖旨塡詞柳三變。教坊樂工。每得新腔。必求永爲辭。始行於世。景祐元年及第。改名永。方得磨勘轉官。歷餘杭令．鹽場大使．終屯田員外郎。卒于襄陽。死之日．家無餘財。羣妓合金葬之於南門外。每春月上冢。謂之弔柳七。（以上參攷能改齋漫錄、苕溪漁隱叢話、藝苑雌黃、避暑錄話、畫墁錄、方輿勝覽、餘杭舊志等書）葉夢得曰。余仕丹徒。嘗見一西夏歸朝官云。凡有井水飲處。卽能歌柳詞。言其傳之廣也。（避暑錄話）柳詞名樂章集。有毛氏汲古閣宋六十家詞本。吳氏石蓮庵刻山左人詞本。朱氏彊村叢書本。朱刻晚出最善。

〔集評〕

李端叔曰。耆卿詞鋪敍展衍。備足無餘。較之花間所集。韻終不勝。（詞林紀事引）

陳振孫曰。柳詞格不高。而音律諧婉。詞意妥帖。承平氣象。形容曲盡。尤工於羈旅行役。（直齋書錄解題）

張炎曰。柳詞亦自批風抹月中來。風月二字。在我發揮。柳則爲風月驅使耳。（詞源）

彭孫遹曰。柳七亦自有唐人妙境。今人但從淺俚處求之。遂使金荃蘭畹之

音。流入挂枝黃鶯之調。此學柳之過也。（金粟詞話）

周濟曰。耆卿爲世訾謷久矣。然其鋪敘委宛。言近意遠。森秀幽淡之趣在骨。又云。耆卿樂府多故惡濫可笑者。多使能珍重下筆。則北宋高手也。（介存齋論詞雜著）

馮煦曰。耆卿詞曲處能直。密處能疏。奡處能平。狀難狀之景。達難達之情。而出之以自然。自是北宋巨手。然好爲俳體。詞多媟瀆。有不僅如提要所云以俗爲病者。避暑錄話謂凡有井水飲處。卽能歌柳詞。三變之爲世詬病。亦未嘗不由於此。蓋與其千夫競聲。毋寧白雪之寡和也。（宋六十一家詞選例言）

蘇軾

少年游

潤州作代人寄遠

去年相送餘杭門外飛雪似楊花今年春盡楊花似雪猶不見還家　對酒捲簾邀明月風露透窗紗恰似姮娥憐雙燕分明照畫梁斜

江城子

陳直方妾嵇。錢塘人也。求新詞。爲作此。錢塘人好唱陌上花緩緩曲。余嘗作數絕以紀其事。

玉人家在鳳凰山水雲間掩門閒門外行人立馬看弓彎十里春風誰指似斜日映繡簾斑　多情好事與君還閔新鰥拭餘潸明月空江香霧著雲鬟陌上花開春盡也聞舊曲破朱顏

江城子

湖上與張先同賦

鳳凰山下雨初晴水風清晚霞明一朵芙蓉開過尚盈盈何處飛來雙白鷺如有意慕娉婷　忽聞江上弄哀箏苦含情遣誰聽煙斂雲收依約是湘靈欲待曲終尋問

取人不見數峯青

南鄉子

送述古

回首亂山橫不見居人只見城誰似臨平山上塔亭亭迎客西來送客行　歸路晚風清一枕初寒夢不成今夜殘燈斜照處熒熒秋雨晴時淚不晴

永遇樂

孫巨源以八月十五日離海州。坐別於景疏樓上。既而與余會於潤州。至楚州乃別。余以十一月十五日至海州。與太守會於景疏樓上。作此詞以寄巨源。

長憶別時景疏樓上明月如水美酒清歌留連不住月隨人千里別來三度孤光又滿冷落共誰同醉捲珠簾淒然顧影共伊到明無寐　今朝有客來從濰上能道使君深意憑仗清淮分明到海中有相思淚而今何在西垣清禁夜永露華侵被此時

看迴廊曉月。也應暗記。

蝶戀花

密州上元

鐙火錢塘三五夜。明月如霜。照見人如畫。帳底吹笙香吐麝。更無一點塵隨馬。寂寞山城人老也。擊鼓吹簫。卻入農桑社。火冷鐙稀霜露下。昏昏雪意雲垂野。

江城子

乙卯正月二十日夜記夢

十年生死兩茫茫。不思量。自難忘。千里孤墳。無處話淒涼。縱使相逢應不識。塵滿面。鬢如霜。　夜來幽夢忽還鄉。小軒窗。正梳妝。相顧無言。惟有淚千行。料得年年腸斷處。明月夜。短松岡。

水調歌頭

丙辰中秋。歡飲達旦。大醉。作此篇。兼懷子由。

明月幾時有把酒問青天不知天上宮闕今夕是何年我欲乘風歸去惟恐瓊樓玉宇高處不勝寒起舞弄清影何似在人間　轉朱閣低綺戶照無眠不應有恨何事長向別時圓人有悲歡離合月有陰晴圓缺此事古難全但願人長久千里共嬋娟

〔評〕

張炎曰清空中饒意趣非有大筆力者不能到（詞源）

王闓運曰人有三句大開大合之筆他人所不能（湘綺樓詞選）

鄭文焯曰發端從太白仙心脫化頓成奇逸之筆湘綺誦此詞以爲此全字韻可當三語掾自來未經人道（手批東坡樂府）

陽關曲

中秋作

暮雲收盡溢清寒銀漢無聲轉玉盤此生此夜不長好明月明年何處看

永遇樂

彭城夜宿燕子樓。夢盼盼。因作此詞。

明月如霜好風如水清景無限曲港跳魚圓荷瀉露寂寞無人見紞如三鼓鏗然一葉黯黯夢雲驚斷夜茫茫重尋無處覺來小園行徧　天涯倦客山中歸路望斷故園心眼燕子樓空佳人何在空鎖樓中燕古今如夢何曾夢覺但有舊歡新怨異時對黃樓夜景爲余浩歎

〔評〕

鄭文焯曰。公以燕子樓空三句語淮海。殆以示詠古之超宕。貴神情不貴迹象也（手批東坡樂府）

南歌子二首

雨暗初疑夜風回便報晴淡雲斜照著山明細草軟沙溪路馬蹄輕　卯酒醒還困仙村夢不成藍橋何處覓雲英只有多情流水伴人行

帶酒衝山雨和衣睡晚晴不知鐘鼓報天明夢裏栩然胡蝶一身輕　老去才都盡歸來計未成求田問舍笑豪英自愛湖邊沙路免泥行

浣溪沙　二首

十二月二日。雨後微雪。太守徐君猷攜酒見過。坐上作浣溪沙二首。明日酒醒。雪大作。又作二首。

覆塊青青麥未蘇江南雲葉暗隨車臨皋煙景世間無　雨脚半收檐斷綫雪林(墨跡作雪牀並注云京師俚語謂霰爲雪牀)初下瓦跳珠歸來冰顆亂黏鬚

醉夢昏昏曉未蘇門前轣轆使君車扶頭一琖怎生無　廢圃寒蔬挑(墨跡作排)翠羽小槽春酒滴眞珠清香細細嚼梅鬚

定風波

三月七日。沙湖道中遇雨。雨具先去。同行皆狼狽。余獨不覺。已而遂晴。故作此。

莫聽穿林打葉聲何妨吟嘯且徐行竹杖芒鞋輕勝馬誰怕一蓑煙雨任平生 峭料春風吹酒醒微冷山頭斜照卻相迎回首向來蕭瑟處歸去也無風雨也無晴

〔評〕鄭文焯曰。此足徵是翁坦蕩之懷。任天而動。琢句亦瘦逸。能道眼前景。以曲筆直寫胸臆。倚聲能事盡之矣。(手批東坡樂府)

洞仙歌

余七歲時。見眉山老尼。姓朱。忘其名。年九十歲。自言嘗隨其師入蜀主孟昶宮中。一日大熱。蜀主與花蕊夫人夜納涼摩訶池上。作一詞。朱具能記之。今四十年。朱已死久矣。人無知此詞者。但記其首兩句。暇日尋味。豈洞仙歌令乎。乃爲足之云。

冰肌玉骨自清涼無汗水殿風來暗香滿繡簾開一點明月窺人人未寢欹枕釵橫鬢亂起來攜素手庭戶無聲時見疏星渡河漢試問夜如何夜已三更金波淡玉

繩低轉但屈指西風幾時來又不道流年暗中偸換

〔評〕

鄭文焯曰坡老改添此詞數字誠覺意象萬千其聲亦如空山鳴泉琴筑並奏（手批東坡樂府）

念奴嬌

赤壁懷古

大江東去浪淘盡千古風流人物故壘西邊人道是三國周郎赤壁亂石崩雲驚濤裂岸捲起千堆雪江山如畫一時多少豪傑　遙想公瑾當年小喬初嫁了雄姿英發羽扇綸巾談笑間強虜灰飛煙滅故國神遊多情應笑我早生華髮人間如夢一尊還酹江月

據詞律談笑間當作談笑處多情應笑應斷我字屬下句。

臨江仙

夜飲東坡醒復醉歸來髣髴三更家童鼻息已雷鳴敲門都不應倚杖聽江聲　長

恨此身非我有何時忘卻營營夜闌風靜縠紋平小舟從此逝江海寄餘生

〔紀事〕

避暑錄子瞻在黃州。與數客飲江上。夜歸江面際天。風露浩然。有當其意。乃作歌詞。所謂小舟從此逝。江海寄餘生者。與客大歌數過而散。翌日。喧傳子瞻夜作此詞。掛冠服江邊。拏舟長嘯去矣。郡守徐君猷聞之。驚且懼。以爲州失罪人。急命駕往謁。則子瞻鼻鼾如雷。猶未興也。然此語卒傳至京師。裕陵亦聞而疑之。

卜算子

黃州定慧院寓居作

缺月挂疏桐漏斷人初靜誰見幽人獨往來縹緲孤鴻影　驚起卻回頭有恨無人省揀盡寒枝不肯棲寂寞沙洲冷

〔評〕

黃庭堅曰。語意高妙。似非喫煙火食人語。非胸中有數萬卷書。筆下無一點塵俗氣。孰能至此。（山谷題跋）

鄭文焯曰。此亦有所感觸。不必附會溫都監女故事。自成馨逸。（手批東坡樂府）

水調歌頭

黃州快哉亭贈張偓佺

落日繡簾捲。亭下水連空。知君爲我新作。窗戶溼青紅。長記平山堂上。欹枕江南煙雨。渺渺沒孤鴻。認得醉翁語。山色有無中。　一千頃。都鏡淨。倒碧峯。忽然浪起。掀舞一葉白頭翁。堪笑蘭臺公子。未解莊生天籟。剛道有雌雄。一點浩然氣。千里快哉風。

〔評〕

鄭文焯曰。此等句法。使作者稍稍矜才使氣。便流入粗豪一派。妙能寫景中人。用生出無限情思。（手批東坡樂府）

鷓鴣天

林斷山明竹隱牆◎亂蟬衰草小池塘◎翻空白鳥時時見△照水紅蕖細細香◎　村舍外△古城旁◎杖藜徐步轉斜陽◎殷勤昨夜三更雨△又得浮生一日涼◎

〔評〕

鄭文焯曰。淵明詩。嘯傲東軒下。聊復得此生。此詞從陶詩中得來。逾覺清異。較浮生半日閒。自是詩詞異調。論者每謂坡公以詩筆入詞。豈審音知言者。

（手批東坡樂府）

定風波

王定國歌兒曰柔奴。姓宇文氏。眉目娟麗。善應對。家世住京師。定國南遷歸。余問柔。廣南風土。應是不好。柔對曰。此心安處。便是吾鄉。因為綴詞云。

常羨人間琢玉郎◎天應乞與點酥娘◎自作清歌傳皓齒◎風起◎雪飛炎海變清涼◎　萬里歸來年愈少◎微笑◎笑時猶帶嶺梅香◎試問嶺南應不好◎卻道◎此心安處是吾鄉◎

浣溪沙

元豐七年十二月二十四日。從泗州劉倩叔遊南山。

細雨斜風作小寒。淡煙疏柳媚晴灘。入淮清洛漸漫漫。　雪沫乳花浮午琖。蓼茸蒿筍試春盤。人間有味是清歡。

水調歌頭

歐陽文忠公嘗問余琴詩何者最善。答以退之聽穎師琴詩。公曰。此詩固奇麗。然非聽琴。乃聽琵琶詩也。余深然之。建安章質夫家善琵琶者乞爲歌詩。余久不作。特取退之詞稍加隱括。使就聲律以遺之云。

昵昵兒女語。鐙火夜微明。恩怨爾汝來去。彈指淚和聲。忽變軒昂勇士。一鼓塡然作氣。千里不留行。回首暮雲遠。飛絮攪青冥。　衆禽裏。眞彩鳳。獨不鳴。躋攀寸步千險。一落百尋輕。煩子指間風雨。置我腸中冰炭。起坐不能平。推手從歸去。無淚與君傾。

〔附錄〕

韓愈聽穎師彈琴詩云。昵昵兒女語。恩怨相爾汝。劃然變軒昂。勇士赴敵場。浮雲柳絮無根蒂。天地闊遠隨飛揚。喧啾百鳥羣。忽見孤鳳凰。躋攀分寸不可上。失勢一落千丈強。嗟予有兩耳。未省聽絲簧。自聞穎師琴。起坐在一旁。推手遽止之。濕衣淚滂滂。穎師爾誠能。無以冰炭置我腸。

水龍吟

次韻章質夫楊花詞

似花還似非花。也無人惜從教墜。拋家傍路。思量卻是。無情有思。縈損柔腸。困酣嬌眼。欲開還閉。夢隨風萬里。尋郎去處。又還被。鶯呼起。　不恨此花飛盡。恨西園。落紅難綴。曉來雨過。遺蹤何在。一池萍碎。春色三分。二分塵土。一分流水。細看來不是楊花。點點是離人淚。

〔評〕

張炎曰。後徧愈出愈奇。眞足壓倒千古。（詞源）

鄭文焯曰。煞拍畫龍點睛。此亦詞中一格。（手批東坡樂府）

〔附錄章質夫（楶）作〕

燕忙鶯嬾芳殘。正隄上柳花飄墜。輕飛亂舞。點畫靑林。全無才思。閒趁游絲。靜臨深院。日長門閉。傍珠簾散漫。垂垂欲下。依前被風扶起。　蘭帳玉人睡覺。怪春衣雪沾瓊綴。繡牀漸滿。香毬無數。才圓卻碎。時見蜂兒。仰粘輕粉。魚吞池水。望章臺路杳。金鞍游蕩。有盈盈淚。

賀新郎

乳燕飛華屋。悄無人。桐陰轉午。晚涼新浴。手弄生綃白團扇。扇手一時似玉。漸困倚。孤眠清熟。簾外誰來推繡戶。枉教人。夢斷瑤臺曲。又卻是。風敲竹。　石榴半吐紅巾蹙。待浮花浪蕊都盡。伴君幽獨。穠豔一枝細看取。芳心千重似束。又恐被。西風驚綠。若待得君來向此。花前對酒不忍觸。共粉淚。兩簌簌。

〔評〕

胡仔曰。託意高遠。本詠夏景。至換頭但只說榴花。蓋其文章之妙。語意到處卽爲之。不可限以繩墨也。與卜算子本詠夜景。至換頭但只說鴻正同。（苕溪漁隱叢話）

譚獻曰。頗欲與少陵佳人一篇互證。後半闋別開異境。南宋惟稼軒有之。變而近正。（譚評詞辨）

〔紀事〕

古今詞話。蘇子瞻守錢塘。有官妓秀蘭。天性黠慧。善於應對。一日湖中有宴會。羣妓畢集。唯秀蘭不至。督之良久方來。問其故。對以沐浴倦睡。忽聞叩戶甚急。起而問之。乃樂營將催督也。子瞻已恕之。坐中一倅怒其晚至。詰之不已。時榴花盛開。秀蘭折一枝藉手告倅。倅愈怒。子瞻因作賀新涼。令歌以送酒。倅怒頓止。苕溪漁隱曰。東坡此詞。冠絕古今。託意高遠。寧爲一妓而發耶。

簾外三句。用古詩捲簾風動竹。疑是故人來之意。石榴半吐五句。蓋初夏之時。千花事退。榴花獨芳。因以寫幽閨之情也。野哉楊湜之言。眞可入笑林矣。

（苕溪漁隱叢話）

行香子

病起小集

昨夜霜風先入梧桐渾無處囘避衰容問公何事不語書空但一回醉一回病一回慵朝來庭下飛英如霰似無言有意催儂都將萬事付與千鍾任酒花白眼花亂燭花紅

八聲甘州

寄參寥子

有情風萬里卷潮來無情送潮歸問錢塘江上西興浦口幾度斜暉不用思量今古俯仰昔人非誰似東坡老白首忘機　記取西湖西畔正春山好處空翠煙霏算詩

人相得如我與君稀約他年東還海道願謝公雅志莫相違西州路不應回首爲我沾衣

〔評〕

鄭文焯曰。突兀雪山。卷地而來。眞似錢塘江上看潮時。添得此老胸中數萬甲兵。是何氣象雄且桀。妙在無一字豪宕。無一語險怪。又出以閒逸感喟之情。所謂骨重神寒。不食人間煙火氣者。詞境至此觀止矣。又曰。雲錦成章。天衣無縫。是作從至情流出。不假熨貼之工。（手批東坡樂府）

右蘇軾詞二十八首錄自彊邨叢書本東坡樂府

〔作者小傳〕

蘇軾字子瞻。眉州眉山人。比冠。博通經史。屬文日數千言。好賈誼陸贄書。既而讀莊子。嘆曰。吾昔有見。口未能言。今見是書。得吾心矣。嘉祐元年試禮部。主司歐陽修得軾刑賞忠厚論。驚喜。欲擢冠多士。猶疑其客曾鞏所爲。但寘第二。復以春秋對義居第一。殿試中乙科。後以書見修。修語梅聖俞曰。吾當避此人出一頭地。聞者始譁不厭。久乃信服。歷通判杭州。知密州。徐州。神宗時。以黃州團練副使安置。軾與田夫野老相從溪山間。築室於東坡。自號東坡居士。旋移汝州。哲宗立。復朝奉郎知登州。尋除翰林學士。知杭州。潁州。從貶瓊州別駕。居昌化。昌化故儋耳地。非人所居。藥餌皆無。有初僦官屋以居。有司猶謂不可。軾遂買地築室。儋人運甓畚土以助之。獨與幼子過處。著書以為樂。更三大赦。還提舉玉局觀。建中靖國元年。卒於常州。年六十六。軾與弟轍師父洵為文。既而得之於天。嘗自謂作文如行雲流水。初無定質。但常行於所當行。止於所不可不止。雖嬉笑怒罵之辭。皆可書而誦之。其體渾涵光芒。雄視百代。有文章以來。蓋亦鮮矣。有東坡集四十卷。後集二十卷。奏議十五卷。內制十卷。外制三卷。和陶詩四卷。一時文人如黃庭堅。晁補之。秦觀。張耒。陳師道。舉世未之識。軾待之如朋儕。未嘗以師資自予也。（節錄宋史卷三百三十八）軾詞名東坡樂府。有毛氏汲古閣本。王氏四印齋景元延祐本。朱氏彊邨叢書本。朱本編年最善。

〔集評〕

晁補之曰。居士詞人謂多不諧音律。然橫放傑出。自是曲子內縛不住者。（復齋漫錄引）

陳師道曰。子瞻以詩為詞。如教坊雷大使之舞。雖極天下之工。要非本色。（后山詩話）

王直方曰。東坡嘗以所作小詞示無咎文潛曰。何如少游。二人皆對曰。少游詩似詞。先生詞似詩。（王直方詩話）

陸游曰。世言東坡不能歌。故所作樂府辭多不協。晁以道謂紹聖初。與東坡別于汴上。東坡酒酣。自歌古陽關。則公非不能歌。但豪放不喜裁翦以就聲律耳。試取東坡諸詞歌之。曲終。覺天風海雨逼人。（渭南文集）

周煇曰。居士詞豈無去國懷鄉之感。殊覺哀而不傷。(清波雜志)

胡仔曰。東坡詞皆絕去筆墨畦徑間。直造古人不到處。眞可使人一唱而三歎。(苕溪漁隱叢話)

胡寅曰。眉山蘇氏一洗綺羅香澤之態。擺脫綢繆宛轉之度。使人登高望遠。舉首高歌。而逸懷浩氣。超然乎塵垢之外。於是花間爲皁隸。而耆卿爲輿臺矣。(酒邊詞序)

張炎曰。東坡詞淸麗舒徐處。高出人表。周秦諸人所不能到。(詞源)

王士禛曰。山谷云。東坡書挾海上風濤之氣。讀坡詞當作如是觀。瑣瑣與柳七較錙銖。無乃爲髯公所笑。(花草蒙拾)

樓敬思曰。東坡老人故自靈氣仙才。所作小詞。衝口而出。無窮淸新。不獨寓以詩人句法。一洗綺羅香澤之態也。(詞林紀事引)

王鵬運曰。北宋人詞。如潘逍遙之超逸。宋子京之華貴。歐陽文忠之騷雅。柳屯田之廣博。晏小山之疏俊。秦太虛之婉約。張子野之流麗。黃文節之雋上。賀方回之醇肆。皆可撫擬得其彷彿。唯蘇文忠之清雄。敻乎軼塵絕迹。令人無從步趨。蓋霄壤相懸。寧止才華而已。其性情其學問其襟抱舉非恆流所能夢見。詞家蘇辛並稱。其實辛猶人境也。蘇其殆仙乎。（半塘老人遺稿）

沈曾植曰東坡以詩為詞、如雷大使之舞。雖極天下之工。要非本色。此後山談叢語也。然攷蔡絛鐵圍山叢談。稱上皇在位時屬升平。手藝之人有稱者。棋則有劉仲甫・晉士明。琴則有僧梵如・僧全雅。教坊琵琶則有劉繼安。舞有雷中慶。世皆呼之為雷大使。笛則孟水清。此數人者。視前代之技皆過之。然則雷大使乃教坊絕技。謂非本色。將外方樂乃為本色乎。（蕙閣瑣談稿本）

晏幾道

臨江仙

夢後樓臺高鎖△酒醒簾幕低垂◎去年春恨卻來時◎落花人獨立△微雨燕雙飛◎　記得

小蘋初見兩重心字羅衣琵琶絃上說相思當時明月在曾照彩雲歸

〔評〕

譚獻曰落花二句爲千古未有之名句末二句正以見其柔厚(譚評詞辨)

蝶戀花

夢入江南煙水路行盡江南不與離人遇睡裏消魂無說處覺來惆悵銷魂誤　欲盡此情書尺素浮雁沈魚終了無憑據卻倚緩絃歌別緒斷腸移破秦箏柱

蝶戀花

醉別西樓醒不記春夢秋雲聚散眞容易斜月半窗還少睡畫屏閒展吳山翠　衣上酒痕詩裏字點點行行總是淒涼意紅燭自憐無好計夜寒空替人垂淚

阮郎歸

舊香殘粉似當初人情恨不如一春猶有數行書秋來書更疏　衾鳳冷枕鴛孤愁腸待酒舒夢魂縱有也成虛那堪和夢無

阮郎歸

天邊金掌露成霜。雲隨鴈字長。綠杯紅袖趁重陽。人情似故鄉。　蘭佩紫，菊簪黃。殷勤理舊狂。欲將沈醉換悲涼。清歌莫斷腸。

〔評〕

況周頤曰。綠杯二句。意已厚矣。殷勤理舊狂五字有三層意。狂者一肚皮不合時宜發見於外者也。狂已舊矣。而理之。而殷勤理之。其狂若有甚不得已者。欲將沈醉換悲涼。是上句注脚。清歌莫斷腸。仍含不盡之意。此詞沈著厚重。得此結句。便覺竟體空靈。小晏神仙中人。重以名父之貽。賢師友相與沆瀣。其獨造處。豈凡夫肉眼所能見及。夢魂慣得無拘管。又逐楊花過謝橋。以是爲至。烏足與論小山詞耶。（蕙風詞話）

生查子

金鞭美少年，去躍青驄馬。牽繫玉樓人，繡被春寒夜。　消息未歸來，寒食梨花謝。無

處說相思背面鞦韆下

生查子

關山魂夢長魚鴈音塵少兩鬢可憐青只爲相思老歸夢碧紗窗說與人人道眞
箇別離難不似相逢好

生查子

墜雨已辭雲流水難歸浦遺恨幾時休心抵秋蓮苦忍淚不能歌試託哀絃語絃
語願相逢知有相逢否

生查子

長恨涉江遙移近溪頭住閒蕩木蘭舟誤入雙鴛浦無端輕薄雲暗作廉纖雨翠
袖不勝寒欲向荷花語

生查子

官身幾日閒世事何時足君貌不長紅我鬢無重綠榴花滿琖香金縷多情曲且

盡眼中歡○莫歎時光促◎

生查子

春從何處歸△試向溪邊問◎岸柳弄嬌黃△隴麥回青潤◎　多情美少年△屈指芳菲近◎誰寄嶺頭梅△來報江南信◎

南鄉子

漾水帶春潮◎水上朱闌小渡橋◎橋上女兒雙笑靨△妖嬈◎倚著闌干弄柳條◎　月夜落花朝◎減字偷聲按玉簫◎柳外行人回首處△迢迢◎若比銀河路更遙◎

南鄉子

新月又如眉◎長笛誰教月下吹◎樓倚暮雲初見鴈△南飛◎漫道行人鴈後歸◎　意欲夢佳期◎夢裏關山路不知◎卻待短書來破恨△應遲◎還○是○涼○生○玉○枕○時◎

菩薩蠻

相逢欲話相思苦◎淺情肯信相思否◎還恐漫相思◎淺情人不知◎　憶曾攜手處◎月滿

牕前路長到月來時不眠猶待伊

留春令

畫屏天畔夢回依約十洲雲水手撚紅牋寄人書寫無限傷春事　別浦高樓曾漫倚對江南千里樓下分流水聲中有當日憑高淚

思遠人

紅葉黃花秋意晚千里念行客飛雲過盡歸鴻無信何處寄書得　淚彈不盡臨牕滴就硯旋研墨漸寫到別來此情深處紅牋爲無色

碧牡丹

翠袖疏紈扇涼葉催歸燕一夜西風幾處傷高懷遠細菊枝頭開嫩香還徧月痕依舊庭院　事何限悵望秋意晚離人鬢華將換靜憶天涯路比此情猶短試約鸞牋傳素期良願南雲應有新鴈

鷓鴣天

彩袖殷勤捧玉鍾當年拚卻醉顏紅舞低楊柳樓心月歌盡桃花扇底風　從別後憶相逢幾回魂夢與君同今宵賸把銀釭照猶恐相逢是夢中

〔評〕

晁補之曰。叔原不蹈襲人語。而風調閒雅。自是一家。如舞低楊柳樓心月。歌盡桃花扇底風。自可知此人不生於三家村中也。（侯鯖錄）

鷓鴣天

守得蓮開結伴遊約開萍葉上蘭舟來時浦口雲隨棹采罷江邊月滿樓　花不語水空流年年拚得爲花愁明朝萬一西風動爭奈朱顏不耐秋

鷓鴣天

醉拍青衫惜舊香天將離恨惱疏狂年年陌上生秋草日日樓中到夕陽　雲渺渺水茫茫征人歸路許多長相思本是無憑語莫向花牋費淚行

鷓鴣天

小令尊前見玉簫。銀燈一曲太妖嬈。歌中醉倒誰能恨。唱罷歸來酒未消。　春悄悄。夜迢迢。碧雲天共楚宮遙。夢魂慣得無拘檢。又踏楊花過謝橋。

鷓鴣天

十里樓臺倚翠微。百花深處杜鵑啼。殷勤自與行人語。不似流鶯取次飛。　驚夢覺。弄晴時。聲聲只道不如歸。天涯豈是無歸意。爭奈歸期不可期。

右晏幾道詞二十二首錄自彊邨叢書本小山詞

〔作者小傳〕

晏幾道叔原號小山。殊之幼子。監潁昌許田鎮。熙甯中。鄭俠上書下獄。悉治平時所往還厚善者。幾道亦在其中。從俠家搜得其詩。裕陵稱之。始得釋。事見侯鯖錄。黃庭堅小山詞序曰。其樂府可謂狹邪之大雅。豪士之鼓吹。其合者高唐洛神之流。其下者豈減桃葉團扇哉。又古今詞話載程叔微之言曰。伊川聞人誦叔原詞。夢魂慣得無拘檢。又踏楊花過謝橋。曰。鬼語也。意頗賞之。然則幾道之詞固甚爲當時推挹矣。馬端臨文獻通考載小山詞一卷。(四庫全書總目提要詞曲類一)傳本有毛氏汲古閣本朱氏彊邨叢書本。

〔集評〕

黃庭堅曰。叔原嬉弄於樂府之餘。而寓以詩人之句法。淸壯頓挫。能動搖人心。(小山詞序)

王灼曰。叔原如金陵王謝子弟。秀氣勝韻。將不可學。(碧雞漫志)

陳振孫曰。叔原詞在諸名勝中。獨可追逼花間。高處或過之。(直齋書錄解題)

周濟曰。晏氏父子。仍步溫韋。小晏精力尤勝。(介存齋論詞雜著)

馮煦曰。淮海小山。眞古之傷心人也。其淡語皆有味。淺語皆有致。求之兩宋詞人。實罕其匹。子晉欲以晏氏父子追配李氏父子。誠爲知言。(宋六十一家詞選例言)

況周頤曰。小山詞從珠玉出。而成就不同。體貌各具。珠玉比花中之牡丹。小

山其文杳乎。（蕙風詞話未刊稿）

秦　觀

八六子

倚危亭恨如芳草淒淒剗盡還生念柳外青驄別後水邊紅袂分時愴然暗驚無端天與娉婷夜月一簾幽夢春風十里柔情怎奈向歡娛漸隨流水素絃聲斷翠綃香減那堪片片飛花弄晚濛濛殘雨籠晴正銷凝黃鸝又啼數聲

〔評〕

張炎曰。離情當如此作。全在情景交鍊。得言外意。（詞源）

周濟曰。起句神來之筆。（宋四家詞選）

滿庭芳

山抹微雲天連（宋詞三百首作天黏詞綜同）衰草畫角聲斷譙門暫停征棹聊共引離尊多少蓬萊舊事空回首烟靄紛紛斜陽外寒鴉萬點流水繞孤村　銷魂

當此際△香囊暗解△羅帶輕分◎謾贏得•青樓薄倖名存◎此去何時見也△襟袖上•空惹啼痕◎傷情處△高城望斷△燈火已黃昏◎

〔評〕

晁補之曰。近來作者。皆不及少游。如斜陽外寒鴉數點。流水繞孤村。雖不識字人亦知是天生好言語。（復齋漫錄引）

譚獻曰。淮海在北宋。如唐之劉文房。下闋不假雕琢。水到渠成。非平鈍所能藉口。（譚評詞辨）

滿庭芳

紅蓼花繁△黃蘆葉亂△夜深玉露初零◎霽天空闊△雲淡楚江清◎獨棹孤篷小艇△悠。悠。過•煙。渚。沙。汀◎金鉤細△絲綸慢捲△牽。動。一。潭。星◎　時時橫短笛△清風皓月△相與忘形◎任人笑•生涯泛梗飄萍◎飲罷不妨醉臥△塵勞事•有耳誰聽◎江風靜△日高未起△枕上酒微醒◎

江城子

西城楊柳弄春柔◎動離憂◎淚難收◎猶記多情曾爲繫歸舟◎碧野朱橋當日事△人不見△水空流◎　韶華不爲少年留◎恨悠悠◎幾時休◎飛絮落花時候一登樓◎便做春江都是淚△流不盡△許多愁◎

減字木蘭花

天涯舊恨◎獨自淒涼人不問◎欲見回腸◎斷盡金鑪小篆香◎　黛蛾長斂◎任是春風吹不展◎困倚危樓◎過盡飛鴻字字愁◎

踏莎行

霧失樓臺△月迷津渡◎桃源望斷無尋處◎可堪孤館閉春寒△杜鵑聲裏斜陽暮◎　驛寄梅花△魚傳尺素◎砌成此恨無重數◎郴江幸自繞郴山△爲誰流下瀟湘去◎

〔附錄〕

苕溪漁隱叢話。黃山谷曰。此詞高絕。但斜陽暮爲重出。欲改斜陽爲簾櫳。范元實曰。只看孤館閉春寒。似無簾櫳。山谷曰。亭傳雖無簾櫳。有亦無礙。范曰。

詞本摹寫牢落之狀。若曰簾櫳。恐損初意。今郴州志竟改作斜陽度。余謂斜
屬。日暮屬時。不爲累。何必改也。東坡回首斜陽暮。美成雁背斜陽紅欲暮。可
法也。

浣溪沙

漠漠輕寒上小樓曉陰無賴是窮秋淡煙流水畫屏幽　自在飛花輕似夢無邊絲
雨細如愁寶簾閒挂小銀鉤

阮郎歸

湘天風雨破寒初深沈庭院虛麗譙吹罷小單于迢迢清夜徂　鄉夢斷旅魂孤崢
嶸歲又除衡陽猶有雁傳書郴陽和雁無

滿庭芳

曉色雲開春隨人意驟雨纔（一作方）過還晴古（一作高）臺芳榭飛燕蹴紅
英舞困榆錢自落秋千外綠水橋平東風裏朱門映柳低按小秦箏　多情行樂處

珠鈿翠蓋玉轡紅纓漸酒空金榼花困蓬瀛豆蔻梢頭舊恨十年夢屈指堪驚憑闌久疎煙淡日寂寞下蕪城

千秋歲

水邊沙外城郭春寒退花影亂鶯聲碎飄零疏酒盞離別寬衣帶人不見碧雲暮合空相對　憶昔西池會鵷鷺同飛蓋攜手處今誰在日邊清夢斷鏡裏朱顏改春去也飛紅萬點愁如海

〔附錄〕

獨醒雜志少游謫古藤。意忽忽不樂。過衡陽。孔毅甫爲守，與之厚。延留待遇有加。一日飲于郡齋。少游作千秋歲詞。毅甫覽至鏡裏朱顏改之句。遽驚曰。少游盛年。何爲言語悲愴如此。遂賡其韻以解之。居數日別去。毅甫送之於郊。復相語終日。歸謂所親曰。秦少游氣貌大不類平時。殆不久於世矣。未幾果卒。

好事近

夢中作

春路雨添花△花動一山春色◎行到小溪深處△有黃鸝千百◎　飛雲當面化龍蛇△夭矯轉空碧◎醉臥古藤陰下△了不知南北◎

〔評〕

周濟曰。檃括一生。結語遂作藤州之讖。造語奇警。不似少游尋常手筆。（宋四家詞選）

右秦觀詞十一首錄自彊邨叢書本淮海居士長短句。

〔作者小傳〕

秦觀字少游。一字太虛。揚州高郵人。少豪雋。慷慨溢於文詞。舉進士。不中。強志盛氣。好大而見奇。讀兵家書。與己意合。見蘇軾於徐。爲賦黃樓。軾以爲有屈宋才。又介其詩於王安石。安石亦謂清新似鮑謝。軾勉以應舉爲親養。始登第。元祐初除大學博士。紹聖初坐黨籍。出通判杭州。貶監處州酒稅。削籍徙郴州。繼編管橫州。又徙雷州。徽宗立。放還至藤州。出遊華光亭。爲客道夢中長短句。索水欲飲。水至。笑視之而卒。先自作挽詞。其語哀甚。讀者悲傷之。年五十三。（宋史卷四百四十四）所爲淮海居士長短句三卷。有毛氏汲古閣本。（題曰淮海詞一卷。與四庫總目所著錄同。）朱氏彊邨叢書本。

〔集評〕

蔡伯世曰。子瞻辭勝乎情。耆卿情勝乎辭。辭情相稱者。唯少游而已。（詞林紀事引）

張炎曰。秦少游詞體製淡雅。氣骨不衰。清麗中不斷意脈。咀嚼無滓。久而知味。（詞源）

蘇籀曰。秦校理詞。落盡畦畛。天心月脅。逸格超絕。妙中之妙。議者謂前無倫而後無繼。（詞林紀事引）

樓敬思曰。淮海詞風骨自高。如紅梅作花。能以韻勝。覺淸眞亦無此氣味也。
（詞林紀事引）

張綖曰。少游多婉約。子瞻多豪放。當以婉約爲主。（張刻淮海集）

周濟曰。少游最和婉醇正。稍遜淸眞者辣耳。又曰。少游意在含蓄。如花初胎。故少重筆。（宋四家詞選序論）

劉熙載曰。少游詞得花間尊前遺韻。卻能自出淸新。（藝概）

董士錫曰。少游正以平易近人。故用力者終不能到。（詞林考鑒引）

王國維曰。或曰。淮海·小山·古之傷心人也。其淡語皆有味。淺語皆有致。余謂此唯淮海足以當之。小山矜貴有餘。但可方駕子野·方回。未足抗衡淮海也。
（人間詞話）

馮煦曰。少游以絕塵之才。早與勝流。不可一世。而一謫南荒。遽喪靈寶。故所爲詞。寄慨身世。閒雅有情思。酒邊花下。一往而深。而怨悱不亂。悄乎得小雅之遺。後主而後。一人而已。昔張天如論相如之賦云。他人之賦．賦才也。長卿．賦心也。予於少游之詞亦云。他人之詞．詞才也。少游．詞心也。得之於內。不可以傳。雖子瞻之明儁。耆卿之幽秀。猶若有瞠乎後者。況其下耶。（宋六十一家詞選例言）

晁補之

摸魚兒

東皋寓居

買陂塘．旋栽楊柳依稀淮岸江浦東皋嘉雨新痕漲沙觜鷺來鷗聚堪愛處最好是．一川夜月光流渚無人獨舞任翠幄張天柔茵藉地酒盡未能去　青綾被莫憶金閨故步儒冠曾把身誤弓刀千騎成何事荒了邵平瓜圃君試覷滿青鏡星星鬢影今如許功名浪語便似得班超封侯萬里歸計恐遲暮

雙照樓本無處字。

水龍吟

次韻林聖予惜春

問春何苦匆匆△帶風伴雨如馳驟◎幽葩細蕚△小園低檻△壅培未就◎吹盡繁紅△占春長久△不如垂柳◎算○春○常○不○老△人○愁○春○老△愁○只○是△人○間○有◎ 春恨十常八九◎忍輕辜・芳醪經口◎那知自是△桃花結子△不因春瘦◎世上功名△老來風味△春歸時候◎縱尊前痛飲△狂歌似舊△情難依舊◎

鹽角兒

亳社觀梅

開時似雪◎謝時似雪◎花中奇絕◎香非在蕊△香非在蕚△骨中香徹◎ 占溪風△留溪月◎堪羞損・山桃如血◎直○饒○更・疏○疏○淡○淡△終○有○一○般○情○別◎

迷神引

貶玉溪對江山作

黯黯青山紅日暮◎浩浩大江東注◎餘霞散綺△向烟波路◎使人愁△長安遠△在何處◎幾點

漁燈△小迷近塢◎一片客帆低△傍前浦◎　暗想平生△自悔儒冠誤◎覺阮途窮△歸心阻◎斷魂素月△一千里△傷平楚◎怪竹枝歌△聲聲怨△爲誰苦◎猿鳥一時啼△驚島嶼◎燭暗不成眠△聽津鼓◎

憶少年

別歷下

無窮官柳△無情畫舸△無根行客◎南山尚相送△只高城人隔◎　罨畫園林溪紺碧◎算重來盡成陳迹◎劉郎鬢如此△況桃花顏色◎

臨江仙

信州作

謫宦江城無屋買△殘僧野寺相依◎松間藥臼竹間衣◎水窮行到處△雲起坐看時◎　一笛幽禽緣底事△苦來醉耳邊啼◎月斜西院愈聲悲◎青山無限好△猶道不如歸◎

洞仙歌

此詞録自宋六十名家詞本琴趣外編。詞題下原有小注・此絕筆词也。

泗州中秋作

青煙冪處碧海飛金鏡永夜閒階臥桂影露涼時零亂多少寒螿神京遠惟有藍橋路近水晶簾不下雲母屏開冷浸佳人淡脂粉待都將許多明付與金尊投曉共流霞傾盡更攜取胡牀上南樓看玉做人間素秋千頃

〔評〕

胡仔曰。凡作詩詞。要當如常山之蛇。救首救尾。不可偏也。如晁无咎作中秋洞仙歌詞。其首云青煙冪處三句。固已佳矣。其後闋待都將至末。若此可謂善救首尾者矣。（苕溪漁隱叢話）

右晁補之詞七首錄自雙照樓影宋本晁氏琴趣外篇

〔作者小傳〕

晁補之字无咎。濟州鉅野人。十七歲。從父官杭州。謁州通判蘇軾。軾稱其文博辯雋偉。絕人遠甚。必顯於世。由是知名。舉進士。試開封及禮部別院。皆第一。元祐初。爲太學正。歷官祕書省正字。遷校書郎。通判揚州。知齊州。坐修神宗實錄失實。貶監處信二州酒稅。徽宗立。召拜吏部員外郎。出知河中府。徙湖州．密州．果州。主管鴻慶宮。還家。葺歸來園、自號歸來子。大觀末。出黨籍。起知達州。改泗州。大觀四年。卒于泗州官舍。年五十八。補之才氣飄逸。嗜學不知倦。文章溫潤典縟。其凌厲奇卓。出於天成。尤精楚詞。（節錄宋史文苑傳。參毛晉琴趣外篇跋。）其詞集名晁氏琴趣外篇。有毛氏汲古閣宋六十家詞本．吳昌綬氏雙照樓影宋本．吳重熹氏石蓮庵山左人詞本．商務印書館排印本。

〔集評〕

陳振孫曰。无咎嘗云。今代詞手。惟秦七黃九。然兩公之詞。亦自有不同。若无咎者。固未多遜也。（直齋書錄解題）

劉熙載曰。東坡詞在當時鮮與同調。不獨秦七黃九。別成兩派也。晁无咎坦易之懷。磊落之氣。差堪驂靳。然懸崖撒手處。无咎莫能追躡矣。又曰。无咎詞堂廡頗大。人知辛稼軒摸魚兒更能消幾番風雨一闋。爲後來名家所競效。其實辛詞所本。卽无咎摸魚兒買陂塘旋栽楊柳之波瀾也。（藝概）

馮煦曰。晁无咎爲蘇門四士之一。所爲詩餘。無子瞻之高華而沈咽則過之。（宋六十一家詞選例言）

賀鑄

辨絃聲（迎春樂）

瓊瓊絕藝眞無價指尖纖態閒暇幾多方寸關情話都付與絃聲寫　三月十三寒食夜映花月絮風臺榭明月待歡來久背面鞦韆下

半死桐（思越人亦名鷓鴣天）

重過閶門萬事非同來何事不同歸梧桐半死淸霜後頭白鴛鴦失伴飛　原上草露初晞舊棲新壠兩依依空牀臥聽南窗雨誰復挑燈夜補衣

望書歸（擣練子）

邊堠遠置郵稀附與征人襯鐵衣連夜不妨頻夢見過年惟望得書歸

陌上郎（生查子）

西津海鶻舟徑度滄江雨雙艣本無情鴉軋如人語　揮金陌上郎化石山頭婦何物繫君心三歲扶牀女

惜餘春（踏莎行）

急雨收春斜風約水浮紅漲綠魚文起年年游子惜餘春春歸不解招游子　留恨城隅關情紙尾闌干長對西曛倚鴛鴦俱是白頭時江南渭北三千里

芳心苦（踏莎行）

楊柳回塘鴛鴦別浦綠萍漲斷蓮舟路斷無蜂蝶慕幽香紅衣脫盡芳心苦　返照迎潮行雲帶雨依依似與騷人語當年不肯嫁春風無端卻被秋風誤

掩蕭齋（減字浣溪沙）

落日逢迎朱雀街。共乘青舫度秦淮。笑拈飛絮罥金釵。　洞戶華燈歸別館。碧梧紅藥掩蕭齋。願隨明月入君懷。

將進酒（小梅花）

城下路。淒風露。今人犂田古人墓。岸頭沙。帶蒹葭。漫漫昔時流水今人家。黃埃赤日長安道。倦客無漿馬無草。開函關。掩函關。千古如何不見一人閒。　六國擾。三秦掃。初謂商山遺四老。馳單車。致緘書。裂荷焚芰接武曳長裾。高流端得酒中趣。深入醉鄉安穩處。生忘形。死忘名。誰論二豪初不數劉伶。

獨倚樓（更漏子）

上東門。門外柳。贈別每煩纖手。一葉落。幾番秋。江南獨倚樓。　曲闌干。凝竚久。薄暮更堪搔首。無際恨。見閒愁。侵尋天盡頭。

宛溪柳（六么令）

夢雲蕭散。簾捲畫堂曉。殘薰盡。燭隱映。綺席金壺倒。塵送行鞭嫋嫋。醉指長安道。波

平天渺蘭舟欲上回首離愁滿芳草 已恨歸期不早枉負狂年少無奈風月多情
此去應相笑心記新聲縹緲翻是相思調明年春杪宛溪楊柳依舊青青爲誰好

橫塘路（青玉案）

凌波不過橫塘路但目送芳塵去錦瑟華年（詞綜作年華）誰與度月橋花院（詞綜作月臺花榭）瑣窗朱戶惟有春知處 飛雲（詞綜作碧雲）冉冉蘅皐暮彩筆新題斷腸句若問（詞綜作試問）閒情（詞綜作閒愁）都幾許一川烟草滿城風絮梅子黃時雨

〔附錄〕

中吳紀聞。鑄有小築在姑蘇盤門之內十餘里。地名橫塘。方回來往其間。作此詞。後山谷有詩云。解道江南腸斷句。只今惟有賀方回。其爲前輩推重如此。

潘子眞云。寇萊公詩。杜鵑啼處血成花。梅子黃時雨如霧。世推方回所作梅子黃時雨爲絕唱。蓋用萊公語也。

人南渡（感皇恩）

蘭芷滿芳洲游絲橫路羅襪塵生步迎顧（詞綜作迴顧）整鬟顰黛脈脈兩情難語（詞綜作多情難訴）細風吹柳絮人南渡 回首舊游山無重數花底深朱戶何處半黃梅子向晚一簾疎雨斷魂分付與春將去

薄倖

豔眞多態更的的頻回眄睞便認得琴心相許與寫宜男雙帶記畫堂斜月朦朧輕顰微笑嬌無奈便翡翠屏開芙蓉帳掩與把香羅偷解 自過了收燈後都不見踏青挑菜幾回憑雙燕丁寧深意往來翻恨重簾礙約何時再正春濃酒暖人閒晝永無聊賴厭厭睡起猶有花梢日在（詞綜豔眞作淡妝。相許作先許。與寫宜男作欲綰合歡。斜月朦朧作風月逢迎。微笑作淺笑。便作待。與作羞。偷作暗。收燈後作燒燈。脫後字。不見作不是。翻恨作卻恨。酒暖作酒困。）

〔評〕周濟曰。耆卿於寫景中見情。故淡遠。方回於言情中布景。故穠至。（宋四家詞選）

伴雲來（天香）

烟絡橫林山沈遠照邐迤黃昏鐘鼓燭映簾櫳蛩催機杼共苦清秋風露不眠思婦齊應和幾聲砧杵驚動天涯倦宦駸駸歲華行暮　當年酒狂自負謂東君以春相付流浪征驂北道客檣南浦幽恨無人晤語賴明月曾知舊游處好伴雲來還將夢去

〔評〕朱孝臧曰。橫空盤硬語。（彊邨手批東山樂府）

要銷凝（商清怨）

雕梁尋巢舊燕侶似向人欲語試問來時逢郎郎健否　春風深閉繡戶儘便旋一

庭花絮要自銷凝吟郎長短句

臺城游（水調歌頭）

南國本瀟灑六代浸豪奢臺城游冶襞箋能賦屬宮娃雲觀登臨清夏璧月留連長夜吟醉送年華回首飛鴛瓦卻羨井中蛙　訪烏衣成白社不容車舊時王謝堂前雙燕過誰家樓外河橫斗掛淮上潮平霜下檣影落寒沙商女篷窗罅猶唱後庭花

西江月

攜手看花深徑扶肩待月斜廊臨分少佇已倀倀此段不堪回想　欲寄書如天遠難銷夜似年長小窗風雨碎人腸更在孤舟枕上

減字浣溪沙

鼓動城頭啼暮鴉過雲時送雨些些嫩涼如水透窗紗　弄影西廂侵戶月分香東畔拂牆花此時相望抵天涯

減字浣溪沙

烟柳春梢蘸暈黃井闌風綽小桃香覺時簾幙又斜陽　望處定無千里眼斷來能有幾迴腸少年禁取恁淒涼

減字浣溪沙

夢想西池輦路邊玉鞍驕馬小輜軿春風十里鬭嬋娟　臨水登山漂泊地落花中酒寂寥天箇般情味已三年

減字浣溪沙

閒把琵琶舊譜尋四絃聲怨卻沈吟燕飛人靜畫堂深　欹枕有時成雨夢隔簾無處說春心一從燈夜到如今

減字浣溪沙

樓角初銷一縷霞淡黃楊柳暗棲鴉玉人和月摘梅花　笑撚粉香歸洞戶更垂簾幙護窗紗東風寒似夜來些

〔許〕

胡仔曰。淡黃楊柳帶棲鴉句。寫景詠物。造微入妙。（苕溪漁隱叢話）

六州歌頭

少年俠氣△交結五都雄◎肝膽洞◎毛髮聳◎立談中◎死生同◎一諾千金重◎推翹勇◎矜豪縱◎輕蓋擁◎聯飛鞚◎斗城東◎轟飲酒壚△春色浮寒甕◎吸海垂虹◎閒呼鷹嗾犬△白羽摘雕弓◎狡穴俄空◎樂悤悤◎　似黃粱夢◎辭丹鳳◎明月共◎漾孤篷◎官冗從◎懷倥傯◎落塵籠◎簿書叢◎鶡弁如雲衆◎供麤用◎忽奇功◎笳鼓動◎漁陽弄◎思悲翁◎不請長纓△繫取天驕種◎劍吼西風◎恨登山臨水△手寄七絃桐◎目送歸鴻◎

江城子

麝熏微度繡芙蓉◎翠衾重◎畫堂空◎前夜偷期△相見卻悤悤◎心事兩知何處問△依約是夢中逢◎　坐○疑○行○聽○竹○窗○風◎出○簾○櫳◎杳○無○蹤◎已○過○黃○昏△纔○動○寺○樓○鐘◎暮○雨○不○來○春○又○去△花○滿○地△月○朦○朧◎

浪淘沙

一葉忽驚秋分付東流殷勤爲過白蘋洲洲上小樓簾半捲應認歸舟　囘首戀朋
游迹去心留歌塵蕭散夢雲收惟有尊前曾見月相伴人愁

謁金門

李黃門夢得一曲前徧二十言後徧二十二言而無其聲。余釆其前徧潤一
橫字。已續二十五字寫之云。

楊花落燕子橫穿朱閣常恨春醪如水薄閒愁無處著　綠野帶江山絡角桃葉參
差前約歷歷短檣沙外泊東風晚來惡

石州引

薄雨收寒斜照弄晴春意空闊長亭柳蓓纔黃倚馬何人先折烟橫水漫映帶幾點
歸鴻平沙銷盡龍荒雪猶記出關來恰如今時節　將發畫樓芳酒紅淚清歌便成
輕別囘首經年杳杳音塵都絕欲知方寸共有幾許新愁芭蕉不展丁香結憔悴一
天涯兩厭厭風月

南柯子

別　恨

斗酒纔供淚扁舟只載愁。畫橋青柳小朱樓。猶記出城車馬爲遲留。　有恨花空委無情水自流。河陽新鬢儘禁秋。蕭散楚雲巫雨此生休。

右賀鑄詞二十八首錄自彊邨叢書本東山詞及賀方回詞。東山詞補

〔作者小傳〕

賀方回名鑄。衞州人。（慶湖遺老詩集自序作越人。彊邨叢書作山陰人。）自言唐諫議大夫知章後。故號鑑湖遺老。（據詩集序鑄生於皇祐壬辰。）長七尺。眉目聳拔。面鐵色。喜劇談天下事。可否不略少假借。人以爲近俠。然博學強記。工語言。深婉麗密。如比組繡。尤長於度曲。掇拾人所遺棄。少加檃括。皆爲新奇。嘗言吾筆端驅使李商隱溫庭筠。常奔命不暇。初仕監太原工作。建中靖國間。黃庭堅魯直自黔中還。得其江南梅子之句。以爲似謝元暉。

然以尙氣使酒。終不得美官。後爲泗州通判。悒悒不得志。食宮祠祿。退居吳下。自裒其生平所爲歌詞。名東山樂府。（以上節錄葉夢得建康集卷八賀鑄傳）年七十四。以宣和七年二月甲寅。卒于常州之僧舍。（據程俱撰賀公墓誌銘）譙郡張耒序其詞曰。余友賀方回。博學業文。而樂府之詞。高絕一世。攜一編示余。大抵倚聲而爲之詞。皆可歌也。或者譏方回好學能文。而惟是爲工。何哉。余應之曰。是所謂滿心而發。肆口而成。雖欲已焉而不得者。若其粉澤之工。則其才之所至。亦不自知也。夫其盛麗如游金張之堂。而妖冶如攬嬙施之袪。幽潔如屈宋。悲壯如蘇李。覽者自知之。蓋有不可勝言者矣。（以上見宛丘集及東山詞卷首）東山詞傳世者。有王氏四印齋本。朱氏彊邨叢書本。朱本晚出最善。

〔集評〕

王灼曰。賀方回語意精新。用心甚苦。集中如青玉案者甚衆。大抵卓然自立。

不肯浪下筆。（碧雞漫志）

張炎曰。賀方回．吳夢窗．皆善於鍊字面者。多於李長吉．溫庭筠詩中來。（詞源）

周濟曰。方回鎔景入情。故穠麗。（介存齋論詞雜著）

周邦彥

瑞龍吟

章臺路。還見褪粉梅梢。試花桃樹。愔愔坊陌人家。定巢燕子。歸來舊處。　黯凝竚。因念箇人癡小。乍窺門戶。侵晨淺約宮黃。障風映袖。盈盈笑語。　前度劉郎重到。訪鄰尋里。同時歌舞。惟有舊家秋娘。聲價如故。吟牋賦筆。猶記燕臺句。知誰伴．名園露飲。東城閒步。事與孤鴻去。探春盡。是傷離意緒。官柳低金縷。歸騎晚。纖纖池塘飛雨。斷腸院落。一簾風絮。

〔評〕

周濟曰。事與孤鴻去一句。化去町畦。又曰。不過桃花人面。舊曲翻新耳。看其由無情入。結歸無情。層層脫換。筆筆往復處。（宋四家詞選）

瑣窗寒

暗柳啼鴉△單衣佇立△小簾朱戶◎桐花半畝△靜鎖一庭愁雨◎灑空堦・夜闌未休△故人翦燭西窗語◎似○楚○江○暝○宿△風○燈○零○亂△少○年○羈○旅◎　遲暮◎嬉游處◎正店舍無烟△禁城百五◎旗亭喚酒△付與高陽儔侶◎想東園・桃李自春△小脣秀靨今在否◎到歸時・定有殘英△待客攜尊俎◎

〔評〕

周濟曰。似楚江三句奇橫。（宋四家詞選）

瑞鶴仙

悄郊原帶郭◎行路永・客去車塵漠漠◎斜陽映山落◎斂餘紅猶戀△孤城闌角◎凌波步弱◎過短亭・何用素約◎有流鶯勸我△重解繡鞍△緩引春酌◎　不○記○歸○時○早○暮△上○馬○誰○扶△醒○

眠未闌驚飆動幕扶殘醉繞紅藥歎西園已是花深無地東風何事又惡任流光過
卻猶喜洞天自樂

〔評〕

周濟曰。只閒閒說起。又曰。不扶殘醉。不見紅藥之繫情東風之作惡。因而追溯昨日送客後。薄暮入城。因所攜之妓。倦游訪伴。小憩復成酬飲。換頭句反透出一醒字。驚飆句倒插東風。然後以扶殘醉三字點睛。結構精奇。金鍼度盡。（宋四家詞選）

浪淘沙

晝陰重霜凋岸草霧隱城堞南陌脂車待發東門帳飲乍闋正拂面垂楊堪攬結掩紅淚玉手親折念漢浦離鴻去何許經時信音絕　情切望中地遠天闊向露冷風清無人處耿耿寒漏咽嗟萬事難忘惟是輕別翠尊未竭憑斷雲留取西樓殘月羅帶光消紋衾疊連環解舊香頓歇怨歌永瓊壺敲盡缺恨春去不與人期弄夜色空

餘滿地梨花雪

〔評〕

周濟曰。空際出力。夢窗最得其訣。又曰。翠尊未竭三句。一氣趕下。是淸眞長技。又曰。鉤勒勁健峭舉。（宋四家詞選）

譚獻曰。正拂面二句。以見難忘在此。翠尊三句。所謂以無厚入有閒也。斷字殘字皆不輕下。末三句本是人去不與春期。翻說是無聊之思。（譚評詞辨）

漁家傲

灰暖香融消永晝葡萄架上春藤秀曲角欄干羣雀鬪淸明後風梳萬縷亭前柳
日照釵梁光欲溜循堦竹粉霑衣袖拂拂面紅如著酒沈吟久昨宵正是來時候

浣溪沙

雨過殘紅溼未飛珠簾一桁透斜暉游蜂釀蜜竊香歸　金屋無人風竹亂衣篝盡日水沈微一春須有憶人時

彊邨叢書本桁作行。

滿庭芳

風老鶯雛雨肥梅子午陰嘉樹淸圓地卑山近衣潤費爐烟人靜烏鳶自樂小橋外新綠濺濺憑闌久黃蘆苦竹擬泛九江船　年年如社燕飄流瀚海來寄修椽且莫思身外長近尊前憔悴江南倦客不堪聽急管繁絃歌筵畔先安簟枕容我醉時眠

〔評〕

周濟曰體物入微。夾入上下文中。似褒似貶。神味最遠。（宋四家詞選）

譚獻曰地卑二句。覺離騷廿五。去人不遠。且莫二句。杜詩韓筆。（譚評詞辨）

梁啓超曰最頹唐語。卻最含蓄。（藝蘅館詞選）

過秦樓

水浴淸蟾葉喧涼吹巷陌馬聲初斷閒依露井笑撲流螢惹破畫羅輕扇人靜夜久憑闌愁不歸眠立殘更箭歎年華一瞬人今千里夢沈書遠　空見說鬢怯瓊梳容消金鏡漸嬾趁時勻染梅風地溽虹雨苔滋一架舞紅都變誰信無憀爲伊才減江

淹情傷荀倩但明河影下還看稀星數點

〔評〕

周濟曰。入梅風三句。意味淡厚。（宋四家詞選）

蘇幕遮

燎沈香消溽暑鳥雀呼晴侵曉窺簷語葉上初陽乾宿雨水面清圓一一風荷舉

故鄉遙何日去家住吳門久作長安旅五月漁郎相憶否小檝輕舟夢入芙蓉浦

〔評〕

周濟曰。若有意若無意。使人神眩。（宋四家詞選）

宴清都

地僻無鐘鼓殘燈滅夜長人倦難度寒吹斷梗風翻暗雪灑窗填戶賓鴻謾說傳書

算過盡千儔萬侶始信得庾信愁多江淹恨極須賦　淒涼病損文園徽絃乍拂音

韻先苦淮山夜月金城暮草夢魂飛去秋霜半入清鏡歎帶眼都移舊處更久長不

見文君歸時認否

齊天樂

秋思

綠蕪凋盡臺城路殊鄉又逢秋晚暮雨生寒鳴蛩勸織深閣時聞裁翦雲窗靜掩歎重拂羅裀頓疏花簟尙有練囊露螢淸夜照書卷　荊江留滯最久故人相望處離思何限渭水西風長安亂葉空憶詩情宛轉凭高眺遠正玉液新蒭蟹螯初薦醉倒山翁但愁斜照斂

〔評〕

譚獻曰。綠蕪二句。是以掃爲生法。荊江應殊鄉。渭水長安。點化成句。開後來多少章法。醉倒二句結束出奇。正是哀樂無端。（譚評詞辨）

霜葉飛

露迷衰草疏星挂涼蟾低下林表素娥青女鬬嬋娟正倍添悽悄漸颯颯丹楓撼曉

橫天雲浪魚鱗小似故人相看又透入清暉半餉特地留照　迢遞望極關山波穿千里度日如歲難到鳳樓今夜聽秋風奈五更愁抱想玉匣哀絃閉了無心重理相思調見皓月牽離恨屏掩孤顰淚流多少

彊邨叢書本香作烟。

少年游

并刀如水吳鹽勝雪纖手破新橙錦幄初溫獸香不斷相對坐調笙　低聲問向誰行宿城上已三更馬滑霜濃不如休去直是少人行

〔評〕

周濟曰此亦本色佳製也。本色至此便足。再過一分。便入山谷惡道矣。（宋四家詞選）

譚獻曰。麗極而清清極而婉。然不可忽過馬滑霜濃四字。（譚評詞辨）

夜游宮

葉下斜陽照水捲輕浪沈沈千里橋上酸風射眸子立多時看黃昏燈火市　古屋

寒窗底。聽幾片井梧飛墜。不戀單衾再三起。有誰知爲蕭娘書一紙。

〔評〕

周濟曰。此亦是層疊加倍寫法。本只不戀單衾一句耳。加上前闋。方覺精力彌滿。（宋四家詞選）

解語花

元宵

風消焰蠟。露浥烘爐。花市光相射。桂華流瓦。纖雲散。耿耿素娥欲下。衣裳淡雅。看楚女纖腰一把。簫鼓喧。人影參差。滿路飄香麝。　因念都城放夜。望千門如晝。嬉笑游冶。鈿車羅帕。相逢處。自有暗塵隨馬。年光是也。惟只見舊情衰謝。淸漏移。飛蓋歸來。從舞休歌罷。

倒犯

新月

霽景對霜蟾乍昇素煙如掃千林夜縞徘徊處漸移深窈何人正弄孤影蹁躚西窗悄冒霜冷貂裘玉斝邀雲表共寒光飲清醥 淮左舊游記送行人歸來山路窵駐馬望素魄印遙碧金樞小愛秀色初娟好念漂浮緜緜思遠道料異日宵征必定還相照奈何人自衰老

大酺

春雨

對宿煙收春禽靜飛雨時鳴高屋牆頭青玉旆洗鉛霜都盡嫩梢相觸潤逼琴絲寒侵枕障蟲網吹黏簾竹郵亭無人處聽簷聲不斷困眠初熟奈愁極頓驚夢輕難記自憐幽獨 行人歸意速最先念流潦妨車轂怎奈向蘭成憔悴衛玠清羸等閒時易傷心目未怪平陽客雙淚落笛中哀曲況蕭索青蕪國紅糝鋪地門外荊桃如菽夜游共誰秉燭

〔評

譚獻曰。牆頭三句。辟灌皆有賦心。前周後吳。所以爲大家也。行人二句。亦新亭之淚。況蕭索下一句一折。一步一態。然周昉美人非時世妝也。（譚評詞辨）

梁啓超曰。流潦妨車轂句。託想奇拙。淸眞最善用之。（藝蘅館詞選）

六醜

落花（一本題作薔薇花謝後作）

正單衣試酒。悵客裏光陰虛擲。願春暫留。春歸如過翼。一去無迹。爲問家何在。夜來風雨。葬楚宮傾國。釵鈿墮處遺香澤。亂點桃蹊。輕翻柳陌。多情爲誰追惜。但蜂媒蝶使。時叩窗隔。　東園岑寂。漸蒙籠暗碧。靜繞珍叢底。成嘆息。長條故惹行客。似牽衣待話。別情無極。殘英小強簪巾幘。終不似一朵。釵頭顫裊。向人攲側。漂流處。莫趁潮汐。恐斷鴻。尙有相思字。何由見得。

〔評〕

周濟曰。願春暫留以下十三字。千迴百折。千鍾百鍊。以下如鵬羽自逝。又曰。不說人惜花。卻說花戀人。不從無花惜春。卻從有花惜春。不惜已簪之殘英。偏惜欲去之斷紅。（宋四家詞選）

譚獻曰。願春二句。逆入平出。亦平入逆出。爲問三句。搏兔用全力。靜遠三句。處處斷。處處連。殘英句．卽願春暫留也。飄流句．卽春歸如過翼也。末二句仍用逆挽。片玉所獨。（譚評詞辨）

蘭陵王

柳

柳陰直◎烟裏絲絲弄碧◎隋堤上．曾見幾番△拂水飄緜送行色◎登○臨○望○故○國◎誰識◎京華倦客◎長亭路．年去歲來△應折柔條過千尺◎

閒尋舊蹤跡◎又酒趁哀絃△燈照離席◎梨花榆火催寒食◎愁一箭風快△半篙波暖△回頭迢遞便數驛◎望人在天北◎

悽惻◎恨堆積◎漸別浦縈回△津堠岑寂◎斜○陽○冉○冉○春○無極◎念月榭攜手△露橋聞笛◎沈○思○前○事△似○夢○

裏淚暗滴

〔評〕

王灼曰。世間有離騷。惟賀方回．周美成．時時得之。賀六州歌頭．望湘人．吳音子諸曲．周大酺．蘭陵王諸曲最奇崛。或謂深勁乏韻。此遭柳氏野狐涎吐不出者也。（碧雞漫志）

周濟曰。客中送客。一愁字代行者設想。以下不辨是情是景。但覺烟靄蒼茫。望字念字尤幻。（宋四家詞選）

譚獻曰。已是磨杵成鍼手段。用筆欲落不落。愁一箭風快等句之噴醒。非玉田所知。斜陽冉冉春無極句。微吟千百徧。當入三昧。出三昧。（譚評詞辨）

梁啓超曰。斜陽七字。綺麗中帶悲壯。全首精神振起。（藝蘅館詞選）

西河

金陵

佳麗地南朝盛事誰記山圍故國繞清江髻鬟對起怒濤寂寞打空城風檣遙度天際斷崖樹猶倒倚莫愁艇子曾繫空遺舊跡鬱蒼蒼霧沈半壘夜深月過女牆來賞心（一作傷心）東望淮水　酒旗戲鼓甚處市想依稀王謝鄰里燕子不知何世入尋常巷陌人家相對如說興亡斜陽裏

〔評〕

梁啓超曰。張玉田謂清眞最長處。在善融化古人詩句。如自己出。讀此詞，可見此中三昧。（藝蘅館詞選）

拜星月

秋思

夜色催更清塵收露小曲幽坊月暗竹檻燈窗識秋娘庭院笑相遇似覺瓊枝玉樹相倚暖日明霞光爛水眄蘭情總平生稀見　畫圖中舊識春風面誰知道自到瑤臺畔眷戀雨潤雲溫苦驚風吹散念荒寒寄宿無人館重門閉敗壁秋蟲歎怎奈向

一縷相思隔溪山不斷。

〔評〕周濟曰。全是追思。卻純用實寫。但讀前半闋。幾疑是賦也。換頭再爲加倍跌宕之。他人萬萬無此力量。（宋四家詞選）

尉遲杯

離恨

隋堤路。漸日晚、密靄生深樹。陰陰淡月籠沙。還宿河橋深處。無情畫舸。都不管、煙波隔南浦。等行人、醉擁重衾。載將離恨歸去。　因念舊客京華。長偎傍、疏林小檻歡聚。冶葉倡條俱相識。仍慣見、珠歌翠舞。如今向、漁村水驛。夜如歲、焚香獨自語。有何人、念我無聊。夢魂凝想鴛侶。

〔評〕周濟曰。南宋諸公所斷不能到者。出之平實。故勝。又曰。一結拙甚。（宋四家

詞選）

譚獻曰。無情二句沈著。因思句見章法。漁村水驛是挽。收處卒。（譚評詞辨）

況周頤曰。元人沈伯時作樂府指迷。於清眞詞推許甚至。唯以天便教人霎時廝見何妨。夢魂吟想鴛侶等句。爲不可學。則非眞能知詞者也。此等語愈樸愈厚。愈厚愈雅。至眞之情。由性靈肺腑中流出。不妨說盡而愈無盡。（蕙風詞話）

意難忘

美詠

衣染鶯黃◎愛停歌駐拍△勸酒持觴◎低鬟蟬影動△私語口脂香◎檐露滴△竹風涼◎拚劇飲淋浪◎夜漸深，籠燈就月△子細端相◎　知音見說無雙◎解移宮換羽△未怕周郎◎長顰知有恨△貪耍不成妝◎些個事△惱人腸◎試說與何妨◎又恐伊•尋消問息△瘦減容光◎

夜飛鵲

別情

河橋送人處△涼夜何其◎斜月遠墮餘輝◎銅盤燭淚已流盡△霏霏涼露沾衣◎相將散離會△探風前津鼓△樹杪參旗◎花驄會意△縱揚鞭・亦自行遲◎迢遞路回清野△人語漸無聞△空帶愁歸◎何意重紅滿地△遺鈿不見△斜徑都迷◎兎葵燕麥△向斜陽・欲與人齊◎但徘徊班草△唏噓酹酒△極望天西◎

〔評〕

周濟曰。班草是散會處。酹酒是送人處。二處皆前地也。雙起故須雙結。（宋四家詞選）

梁啓超曰。兎葵燕麥二語。與柳屯田之曉風殘月。可稱送別詞中雙絕。皆鎔情入景也。（藝蘅館詞選）

右周邦彥詞二十四首錄自彊邨叢書本片玉集

〔作者小傳〕

周邦彥字美成。錢塘人。疎雋少檢。不爲州里推重。而博涉百家之書。元豐初。游京師。獻汴都賦萬餘言。神宗異之。命侍臣讀於邇英閣。召赴政事堂。自太學諸生一命爲正。居五歲不遷。益盡力於辭章。出教授廬州。知溧水縣。還爲國子主簿。哲宗召對。使誦前賦。除祕書省正字。歷校書郎。考功員外郎。衞尉宗正少卿。兼議禮局檢討。以直龍圖閣知河中府。徽宗欲使畢禮書。復留之。踰年。乃知龍德府。徙明州。入拜祕書監。進徽猷閣待制。提舉大晟府。未幾。知順昌府。徙處州。卒。年六十六。贈宣奉大夫。邦彥好音樂。能自度曲。製樂府長短句。詞韻清蔚。傳於世。（宋史卷四百四十四文苑傳）今所見邦彥詞。有毛氏汲古閣宋六十家詞本。王氏四印齋所刻詞本。許氏西泠詞萃本。陶氏續刊宋金元明詞景宋陳元龍注本。朱氏彊邨叢書陳注本。鄭大鶴校刻本。除王鄭二刻題淸眞集外。餘並稱片玉集。

〔集評〕

樓鑰曰。清眞樂府播傳。風流自命。顧曲名堂。不能自已。（清眞先生文集序）

陳振孫曰。美成詞多用唐人詩隱括入律。混然天成。長調尤善鋪敍。富豔精工。詞人之甲乙也。（直齋書錄解題）

沈義父曰。凡作詞當以清眞爲主。蓋清眞最爲知音。且無一點市井氣。下字運意。皆有法度。往往自唐宋諸賢詩句中來。而不用經史中生硬字面。此所以爲冠絕也。（樂府指迷）

王世貞曰。美成能作景語。不能作情語。能入麗字。不能入雅字。以故價微劣於柳。然至枕痕一線紅生玉。又喚起兩眸清炯炯。淚花落枕紅綿冷。其形容睡起之妙。眞能動人。（藝苑卮言）

彭孫遹曰。美成詞如十三女子。玉豔珠鮮。政未可以其軟媚而少之也。（金粟詞話）

周濟曰。美成思力。獨絕千古。如顏平原書。雖未臻兩晉。而唐初之法。至此大備後有作者莫能出其範圍矣。又曰。讀得淸眞詞多覺他人所作都不十分經意。又曰。鉤勒之妙。無如淸眞。他人一鉤勒便薄。淸眞愈鉤勒愈渾厚。（介存齋論詞雜著）

劉熙載曰。周美成詞。或稱其無美不備。余謂論詞莫先於品。美成詞信富豔精工。只是當不得一箇貞字。是以士大夫不肯學之。學之則不知終日意縈何處矣。又曰。周美成律最精審。史邦卿句最警鍊。然未得爲君子之詞者。周旨蕩而史意貪也。（藝概）

馮煦曰。陳氏子龍曰。以沈摯之思。而出之必淺近。使讀之者驟遇之如在耳目之前。久誦之而得雋永之趣。則用意難也。以儇利之詞。而製之必工鍊。使篇無累句。句無累字。圓潤明密。言如貫珠。則鑄詞難也。其爲體也纖弱。明珠翠羽。猶嫌其重。何況龍鸞。必有鮮妍之姿。而不藉粉澤。則設色難也。其爲境也婉媚。雖以驚露取妍。實貴含蓄不盡。時在低徊唱歎之餘。則命篇難也。張氏綱孫曰。結構天成。而中有豔語。雋語。奇語。豪語。苦語。癡語。沒要緊語。如巧匠運斤。毫無痕迹。毛氏先舒曰。北宋詞之盛也。其妙處不在豪快。而在高健。不在豔冶。而在幽咽。豪快可以氣取。豔冶可以言工。高健幽咽。則關乎神理骨性。難可強也。又曰。言欲層深。語欲渾成。諸家所論。未嘗專屬一人。而求之兩宋。惟片玉梅溪。足以備之。周之勝史。則又在渾之一字。詞至於渾。而無可復進矣。（宋六十一家詞選例言）

王國維曰。美成深遠之致。不及歐秦。唯言情體物。窮極工巧。故不失爲第一流之作者。但惟創調之才多。創意之才少耳。（人間詞話）又曰。讀先生之詞。於文字之外。須兼味其音律。今其聲雖亡。讀其詞者。猶覺拗怒之中。自饒和婉。曼聲促節。繁會相宜。清濁抑揚。轆轤交往。兩宋之間。一人而已。（清眞先生遺事）

李清照

漁家傲

天接雲濤連曉霧。星河欲轉千帆舞。彷彿夢魂歸帝所。聞天語。殷勤問我歸何處。
我報路長嗟日暮。學詩謾有驚人句。九萬里風鵬正舉。風休住。蓬舟吹取三山去。

如夢令

常記溪亭日暮。沈醉不知歸路。興盡晚回舟，誤入藕花深處。爭渡。爭渡。驚起一灘鷗鷺。

多麗

詠白菊

小樓寒，夜長簾幕低垂。恨瀟瀟、無情風雨，夜來揉損瓊肌。也不似、貴妃醉臉，也不似、孫壽愁眉。韓令偷香，徐娘傅粉，莫將比擬未新奇。細看取，屈平陶令，風韻正相宜。微風起，清芬醞藉，不減酴醾。漸秋闌、雪清玉瘦，向人無限依依。似愁凝、漢皐解佩，似淚灑、紈扇題詩。朗月清風，濃烟暗雨，天教憔悴度芳姿。縱愛惜，不知從此，留得幾多

時◎人情好△何須更憶△澤畔東籬◎

鳳凰臺上憶吹簫

香冷金猊△被翻紅浪△起來人未（別作慵自）梳頭◎任寶奩閒掩△（別作塵滿）日上簾鉤◎生怕閒愁暗恨△（別作離懷別苦）多少事・欲說還休◎今年瘦△（別作新來）非干病酒△不是悲秋◎　明朝◎（別作休休）這回去也△千萬遍陽關△也即（別作則）難留◎念武陵春晚△（別作人遠）雲鎖重樓◎（別作烟鎖秦樓）記。取。（別作惟有）樓。前。綠。（別作流）水△應。念。我・終。日。凝。眸◎凝眸處△從今更數△幾段（別作更添一段）新愁◎

一翦梅

紅藕香殘玉簟秋◎輕解羅裳△獨上蘭舟◎雲中誰寄錦書來△雁字回時月滿西（一本無西字）樓◎　花自飄零水自流◎一種相思△兩處閒愁◎此情無計可消除△。。才下眉頭△。。卻上心頭◎

蝶戀花

暝雨晴風初破凍◎柳眼梅腮△已覺春心動◎酒意詩情誰與共◎淚融殘粉花鈿重◎　乍試夾衫金縷縫◎山枕斜攲△枕損釵頭鳳◎獨抱濃愁無好夢◎夜闌猶翦燈花弄◎

鷓鴣天

寒日蕭蕭上鎖窗◎梧桐應恨夜來霜◎酒闌更喜團茶苦△夢斷偏宜瑞腦香◎　秋已盡△日猶長◎仲宣懷遠更淒涼◎不如隨分樽前酒△莫負東籬菊蕊黃◎

小重山

秋到長門春草青◎江梅些子破△未開勻◎碧雲籠碾玉成塵◎留曉夢△驚破一甌春◎　花影壓重門◎疎簾鋪淡月△好黃昏◎二年三度負東君◎歸來也△著意過今春◎

醉花陰

薄霧濃雲愁永晝◎瑞腦消金獸◎佳節又重陽△玉枕紗廚△半夜涼初透◎　東籬把酒黃昏後◎有暗香盈袖◎莫道不消魂△簾捲西風△人比（別作似）黃花瘦◎

壺中天慢

蕭條庭除又斜風細雨重門須閉寵柳嬌花寒食近種種惱人天氣險韻詩成扶頭酒醒別是閒滋味征鴻過盡萬千心事難寄　樓上幾日春寒簾垂四面玉闌干慵倚被冷香消新夢覺不許愁人不起清露晨流新桐初引多少游春意日高煙斂更看今日晴未

聲聲慢

尋尋覓覓冷冷清清悽悽慘慘戚戚乍暖還寒時候最難將息三杯兩盞淡酒怎敵他晚來風急雁過也正傷心卻是舊時相識　滿地黃花堆積憔悴損如今有誰堪摘守著牕兒獨自怎生得黑梧桐更兼細雨到黃昏點點滴滴這次第怎一箇愁字了得

添字采桑子

芭蕉

窗前種得芭蕉樹△陰滿中庭◎陰滿中庭◎葉葉心心◎舒卷有餘情◎　傷心枕上三更雨△點滴凄淸◎點滴凄淸◎愁損離人◎不慣起來聽◎

點絳脣

寂寞深閨△柔腸一寸愁千縷◎惜春春去◎幾點催花雨◎　倚徧闌干△祇是無情緒◎人何處◎連○天○芳○樹◎望○斷○歸○來○路◎

滿庭芳

殘梅

小閣藏春△閒牕鎖晝△畫堂無限深幽◎篆香燒盡△日影下簾鉤◎手種江梅漸好△又何必•臨水登樓◎無人到△寂寥恰似△何遜在揚州◎　從來知韻勝△難禁雨藉△不耐風揉◎更誰家橫笛△吹動濃愁◎莫恨香消玉減△須信道•掃跡（別作跡掃）情留◎難言處△良宵淡月△疎影尙風流◎

浣溪沙

樓上晴天碧四垂◎樓前芳草接天涯◎傷心莫上最高梯◎　新筍已成堂下竹△落花都入燕巢泥◎忍聽林表杜鵑啼◎

浣溪沙

髻子傷春慵更梳◎晚風庭院落梅初◎淡雲來往月疏疏◎　玉鴨熏鑪閒瑞腦△朱櫻斗帳掩流蘇◎通犀還解辟寒無◎

怨王孫

帝里春晚重門深院◎草綠階前△暮天雁斷◎樓上遠信誰傳◎恨緜緜◎　多情自是多沾惹◎難拚捨又是寒食也◎秋千巷陌人靜△皎月初斜◎浸梨花◎

蝶戀花

永夜懨懨歡意少◎空夢長安△認取長安道◎為報今年春色好◎花光月影宜相照◎　隨意杯盤雖草草◎酒美梅酸△恰稱人懷抱◎醉裏插花花莫笑◎可憐春似人將老◎

永遇樂

落日鎔金暮雲合璧人在何處染柳烟濃吹梅笛怨春意知幾許元宵佳節融和天氣次第豈無風雨來相召香車寶馬謝他酒朋詩侶　中州盛日閨門多暇記得偏重三五鋪翠冠兒撚金雪柳簇帶爭濟楚如今憔悴風鬟霧鬢怕見夜間出去（見別作向又作怕向花間重去）不如向簾兒底下聽人笑語

右李清照詞十九首錄自四印齋本漱玉詞

〔作者小傳〕

李氏名清照。號易安居士。（生於神宗元豐七年。至高宗紹興十一年。年六十歲尚在。卒年無攷。）禮部員外郎格非女。諸城翰林承旨趙明誠妻。幼有才藻。既長。適明誠結縭未久。明誠卽負笈出遊。清照書詞錦帕送之。嘗以所作詞函致明誠。明誠歎息。媿弗逮。謝客忘寢食者三日夜。得五十闋。雜清照詞。示友人陸德夫。德夫稱絕佳者。正清照作也。其舅挺之相徽宗。清照獻詩。有云。炙手可熱心可寒。挺之排元祐黨人甚力。格非以黨籍罷。清照上詩救格非云。何況人間父子情。識者哀之。明誠好儲經籍。及三代鼎彝．書畫．金石刻。連知萊淄二州。竭俸入以事鉛槧。清照與共校勘。明誠作金石錄。考據精確。多足正史書之失。清照實助成之。靖康二年春。明誠奔祖喪於建康。半棄所藏。其年十二月。金人陷青州。火其藏書十餘屋。明誠諸城人。而家於青也。建炎二年。起復知建康府。三年召知湖州。至行在病卒。清照自爲文祭之。旣葬。清照赴台州。依其弟迒。輾轉避難於越衢諸州。紹興二年又赴杭州。所攜古器物。以次失去。乃爲金石錄後序。自述流離狀況。清照爲詞家大宗。嘗謂詞自唐五代．無合格者。宋柳永雖協音律而語塵下。張子野．宋子京兄弟．晁次膺．有妙語者傷破碎。晏元獻．歐陽永叔．蘇子瞻所作。似詩之句讀不葺者。蓋詞別是一家。知之者少。晏叔原．賀方回．秦少游．黃魯直能知之。晏苦無鋪敍。賀少典重。秦專主情致而少故實。黃尙故實而多疵病。（此段詳見苕溪漁隱叢話）世以爲名論。（以上錄道光濟南府志列女傳。欲知其詳。須參閱清照自爲金石錄後序及俞正燮癸巳類稾中之易安居士事輯。）清照詞名漱玉集。有王氏四印齋本。近人大興李文裿輯其詩詞。合編一集。較爲詳備。然皆非全本也。

〔集評〕

沈謙曰。男中李後主。女中李易安。極是當行本色。前此太白。故稱詞家三李。（詞苑叢談引）

李調元曰。易安在宋諸媛中。自卓然一家。不在秦七黃九之下。詞無一首不工。其鍊處可奪夢窗之席。其麗處直參片玉之班。蓋不徒俯視巾幗。直欲壓倒鬚眉。（雨村詞話）

沈曾植曰。易安跌宕昭彰。氣調極類少游。刻摯且兼山谷。篇章惜少。不過窺豹一斑。閨房之秀。固文士之豪也。才鋒大露。被謗殆亦因此。自明以來。墮情者醉其芬馨。飛想者賞其神駿。易安有靈。後者當許爲知己。漁洋稱易安幼

安爲濟南二安。難乎爲繼。易安爲婉約主。幼安爲豪放主。此論非明代諸公所及。（蘭閣瑣談）

張元幹

賀新郎

送胡邦衡待制赴新州

夢繞神州路悵秋風連營畫角故宮離黍底事崑崙傾砥柱九地黃流亂注聚萬落千村狐兔天意從來高難問況人情老易悲難訴更南浦送君去　涼生岸柳催殘暑耿斜河疎星淡月斷雲微度萬里江山知何處回首對牀夜語雁不到書成誰與目盡青天懷今古肯兒曹恩怨相爾汝舉大白聽金縷

賀新郎

寄李伯紀丞相

曳杖危樓去斗垂天滄波萬頃月流煙渚掃盡浮雲風不定未放扁舟夜渡宿雁落

寒蘆深處悵望關河空弔影正人間鼻息鳴鼉鼓誰伴我醉中舞　十年一夢揚州路倚高寒愁生故國氣吞驕虜要斬樓蘭三尺劍遺恨琵琶舊語謾暗澀銅華塵土喚取謫仙平章看過苕溪尚許垂綸否風浩蕩欲飛舉

石州慢

寒水依痕春意漸回沙際煙闊溪梅晴照生香冷蕊數枝爭發天涯舊恨試看幾許消魂長亭門外山重疊不盡眼中青是愁來時節　情切畫樓深閉想見東風暗銷肌雪辜負枕前雲雨樽前花月心期切處更有多少淒涼殷勤留與歸時說到得再相逢恰經年離別

石州慢

己酉秋吳興舟中

雨急雲飛瞥然驚散暮天涼月誰家疏柳低迷幾點流螢明滅夜帆風駛滿湖煙水蒼茫菰蒲零亂秋聲咽夢斷酒醒時倚危檣清絕　心折長庚光怒羣盜縱橫逆胡

猖獗欲挽天河一洗中原膏血兩宮何處塞垣秖隔長江唾壺空擊悲歌缺萬里想龍沙泣孤臣吳越

水調歌頭

追和

舉手釣鼇客削迹種瓜侯重來吳會三伏行見五湖秋耳畔風波搖蕩身外功名飄忽何路射旄頭孤負男兒志悵望故園愁　夢中原揮老淚遍南州元龍湖海豪氣百尺臥高樓短髮霜黏兩鬢清夜盆傾一雨喜聽瓦鳴溝猶有壯心在付與百川流

右張元幹詞五首錄自宋六十家詞本蘆川詞

〔作者小傳〕

張元幹字仲宗。長樂人。向伯恭之甥。紹興中坐送胡邦衡詞得罪除名。〔詞林紀事〕所作蘆川詞。有毛氏宋六十家詞本。吳氏雙照樓影宋本。

〔評〕

毛晉曰。仲宗平生忠義自矢。不屑與奸佞同朝。飄然挂冠。紹興辛酉。胡澹闇上書乞斬秦檜被謫。作賀新郎一闋送之。坐是與作詩王民瞻同除名。茲集以此詞壓卷。其旨微矣。人稱其長於悲憤。及讀花菴草堂所選。又極嫵秀之致。眞堪與片玉白石並垂不朽。（蘆川詞跋）

葉夢得

賀新郎

睡起流鶯語。掩蒼苔，房櫳向晚，亂紅無數。吹盡殘花無人見，惟有垂楊自舞。漸暖靄，初回輕暑。寶扇重尋明月影，暗塵侵，上有乘鸞女。驚舊恨，遽如許。　江南夢斷橫江渚。浪黏天，葡萄漲綠，半空煙雨。無限樓前滄波意，誰採蘋花寄取。但悵望，蘭舟容與。萬里雲帆何時到，送孤鴻，目斷千山阻。誰爲我，唱金縷。

賀新郎

九月望日與客習射西園余病不能射

霜降碧天靜秋事促西風寒聲隱地初聽中夜入梧桐起瞰高城囘望寥落關河千里一醉與君同疊鼓鬧清曉飛騎引雕弓　歲將晚客爭笑問衰翁平生豪氣安在走馬爲誰雄何似當筵虎士揮手絃聲響處雙雁落遙空老矣眞堪愧囘首望雲中

八聲甘州

壽陽樓八公山作

故都迷岸草望長淮依然繞孤城想烏衣年少芝蘭秀發戈戟雲橫坐看驕兵南渡沸浪駭奔鯨轉眄東流水一顧功成　千載八公山下尙斷崖草木遙擁崢嶸漫雲濤吞吐無處問豪英信勞生空成今古笑我來何事愴遺情東山老可堪歲晚獨聽桓箏

念奴嬌

雲峯橫起障吳關三面眞成尤物倒卷囘潮目盡處秋水黏天無壁綠鬢人歸如今雖在空有千莖雪追尋如夢謾餘詩句猶傑　聞道尊酒登臨孫郎終古恨長歌時

發萬里雲屯瓜步晚落日旌旗明滅鼓吹風高畫舩遙想一笑呑窮髮當時曾照更誰重問山月

臨江仙

與客湖上飲歸

不見跳魚翻曲港湖邊特地經過蕭蕭疎雨亂風荷微雲吹盡散明月墮平波　白酒一盃還徑醉歸來散髮婆娑無人能唱採菱歌小軒攲枕簟檐影挂星河

南鄉子

癸卯種梅於西巖地瘦難立石間無花今歲十一月輒先開數枝喜而爲賦

山畔小池臺曾記幽人著意栽亂石參差春至晚徘徊素景衝寒卻自開　絕絕照瓊瑰孤負芳心巧翦裁應恐練裙驚縞夜殘盃且放疎枝待我來

虞美人

雨後同幹譽才卿置酒來禽花下作

宋六十名家詞本嬾作罥。

落花已作風前舞◎又送黃昏雨◎曉來庭院半殘紅◎惟有游絲千丈嫋晴空◎　殷勤花下同攜手◎更盡杯中酒◎美人不用斂蛾眉◎我亦多情無奈酒闌時◎

右葉夢得詞七首錄自宋六十家詞本石林詞

〔作者小傳〕

葉夢得字少蘊。蘇州吳縣人。紹聖四年登進士第。累官龍圖閣直學士。知汝州蔡州。移帥潁昌府。高宗駐蹕杭州。以夢得深曉財賦。乃除資政殿學士。提舉中太一宮。專一提領戶部財用。充車駕巡幸頓遞使。辭不拜。紹興初。起爲江東安撫大使。兼知建康府。八年。除江東安撫制置大使。兼知建康府。行宮留守。夢得兼總四路漕計。以給饋餉。軍用不乏。故諸將得悉力以戰。詔加觀文殿學士。移知福州。兼福建安撫使。上章請老。特遷一官。提舉臨安府洞霄宮。尋拜崇信軍節度使。致仕。十八年。卒湖州。（節錄宋史文苑傳）有石林詞。毛氏宋六十家詞本。

〔集評〕

關注曰。葉公妙齡氣豪。其詞婉麗。綽有温李之風。晚歲落其華而實之。能於簡淡時出雄傑。合處不減靖節東坡之妙。豈近世樂府之流哉。(石林詞序)

王灼曰。後來學東坡者。葉少蘊蒲大受亦得六七。其才力比晁黃差劣。(碧雞漫志)

毛晉曰。石林詞一卷。與蘇柳並傳。綽有林下風。不作柔語殢人。眞詞家逸品也。(石林詞跋)

馮煦曰。葉少蘊主持王學。所著石林詩話。陰抑蘇黃。而其詞顧挹蘇氏之餘波。豈此道與所問學固多歧出耶。(宋六十一家詞選例言)

張孝祥

六州歌頭

長淮望斷。關塞莽然平。征塵暗。霜風勁。悄邊聲。黯銷凝。追想當年事。殆天數。非人力。

洙泗上絃歌地亦羶腥隔水氈鄉落日牛羊下區脫縱橫看名王宵獵騎火一川明笳鼓悲鳴遣人驚 念腰間箭匣中劍空埃蠹竟何成時易失心徒壯歲將零渺神京干羽方懷遠靜烽燧且休兵冠蓋使紛馳騖若爲情聞道中原遺老常南望翠葆霓旌使行人到此忠憤氣塡膺有淚如傾

〔附錄〕

朝野遺記。安國在建康留守席上賦此。歌闋。魏公爲罷席而入。

水調歌頭

泛湘江

濯足夜灘急晞髮北風涼吳山楚澤行徧只欠到瀟湘買得扁舟歸去此事天公付我六月下滄浪蟬蛻塵埃外蝶夢水雲鄉 製荷衣紉蘭佩把瓊芳湘妃起舞一笑撫瑟奏淸商喚起九歌忠憤拂拭三閭文字還與日爭光莫遣兒輩覺此樂未渠央

水調歌頭

桂林中秋

今夕復何夕此地過中秋賞心亭上喚客追憶去年游千里江山如畫萬井笙歌不夜扶路看遨頭玉界擁銀闕珠箔卷瓊鉤　馭風去忽吹到嶺邊州去年明月依舊還照我登樓樓下水明沙淨樓外參橫斗轉搔首思悠悠老子興不淺聊復此淹留

念奴嬌

過洞庭

洞庭青草近中秋・更無一點風色玉鑑瓊田三萬頃著我扁舟一葉素月分輝明河共影表裏俱澄澈悠然心會妙處難與君說　應念嶺表經年孤光自照肝膽皆冰雪短髮蕭騷襟袖冷穩泛滄浪空闊盡吸西江細斟北斗萬象爲賓客扣舷獨笑不知今夕何夕

四部叢刊本嶺表作嶺海・肝膽作肝肺。

西江月

問訊湖邊春色重來又是三年東風吹我過湖船楊柳絲絲拂面　世路如今已慣

此心到處悠然寒光亭下水如（絕妙好詞箋作連）天飛起沙鷗一片（絕妙好詞題作丹陽湖）

浣溪沙

荊州約馬舉先登城樓觀塞

霜日明霄水蘸空鳴鞘聲裏繡旗紅澹煙衰草有無中　萬里中原烽火北一尊濁酒戍樓東酒闌揮淚向悲風

清平樂

殿廬有作

光塵撲撲宮柳低迷綠鬭鴨闌干春詰曲簾額微風繡蹙　碧雲青翼無憑困來小倚銀屏楚夢不禁春晚黃鸝猶自聲聲

卜算子

雪月最相宜梅雪都清絕去歲江南見雪時月底梅花發　今歲早梅開依舊年時

月冷豔孤光照眼明△只欠些兒雪◎

右張孝祥詞八首錄自四部叢刊景宋本于湖居士樂府

〔作者小傳〕

張孝祥字安國。號于湖。烏江人。紹興二十四年。廷對第一。授承事郎。簽書鎮東軍判官。累遷中書舍人直學士院。兼督府參贊軍事。領建康留守。尋以荆南湖北路安撫使。進顯謨閣直學士致仕。湯衡序紫微詞云。于湖平昔爲詞。未嘗著稿。筆酣興健。頃刻卽成。無一字無來處。（絕妙好詞箋卷一）今所傳于湖詞。有毛氏汲古閣本。四部叢刊景宋于湖居士集本。

辛棄疾

賀新郎

賦琵琶

鳳尾龍香撥◎自開元·霓裳曲罷△幾番風月◎最苦潯陽江頭客△畫舸亭亭待發◎記出塞·

黃雲堆雪◎馬上離愁三萬里△望昭陽宮殿孤鴻沒◎絃解語△恨難說◎　遼陽驛使音塵絕◎瑣窗寒・輕攏慢撚△淚珠盈睫◎推手含情還卻手△一抹梁州哀徹◎千古事・雲飛煙滅◎賀老定場無消息△想沈香亭北繁華歇◎彈到此△爲嗚咽◎

〔評〕梁啓超曰。琵琶故事。網羅臚列。雜亂無章。殆如一團野草。惟大氣足以包舉之。故不覺粗率。非其人勿學步也。（藝蘅館詞選）

賀新郎

陳同父自東陽來過余。留十日。與之同游鵝湖。且會朱晦菴於紫溪。不至。飄然東歸。既別之明日。余意中殊戀戀。復欲追路。至鷺鷥林。則雪深泥滑。不得前矣。獨飲方村。悵然久之。頗恨挽留之不遂也。夜半投宿吳氏泉湖（宋本作泉湖吳氏）四望樓。聞鄰笛悲甚。爲賦乳燕飛（宋本作賀新郎）以見意。又五日。同父書來索詞。心所同然者如此。可發千里一笑。

把酒長亭說看淵明風流酷似臥龍諸葛何處飛來林間鵲蹙踏松梢殘（宋本作微）雪要破帽多添華髮剩水殘山無態度被疏梅料理成風月兩三雁也蕭瑟佳人重約還輕別悵清江天寒不渡水深冰合路斷車輪生四角此地行人銷骨問誰使君來愁絕鑄就而今相思錯料當初費盡人間鐵長夜笛莫吹裂

賀新郎

別茂嘉十二弟。鵜鴂杜鵑實兩種。見離騷補注。

綠樹聽鵜鴂更那堪鷓鴣聲住杜鵑聲切啼到春歸無尋處苦恨芳菲都歇算未抵人間離別馬上琵琶關塞黑更長門翠輦辭金闕看燕燕送歸妾　將軍百戰身名裂向河梁囘頭萬里故人長絕易水蕭蕭西風冷滿座衣冠似雪正壯士悲歌未徹啼鳥還知如許恨料不啼清淚長啼血誰共我醉明月

〔評〕

張惠言曰。茂嘉蓋以得罪謫徙。故有是言。（張惠言詞選）

四印齋本盡作斷。

周濟曰。前半闋北都舊恨。後半闋南都新恨。（宋四家詞選）

梁啓超曰。賀新郎調。以第四韻之單句爲全首筋節。如此句最可學。（藝蘅館詞選）

念奴嬌

書東流村壁

野塘（宋本作棠）花落又匆匆過了清明時節剗地東風欺客夢一枕（宋本作夜）雲屏寒怯曲岸持觴垂楊繫馬此地曾輕別樓空人去舊游飛燕能說 聞道綺陌東頭行人曾（宋本作長）見簾底纖纖月舊恨春江流不（宋本作未）盡新恨雲山千疊料得明朝尊前重見鏡裏花難折也應驚問近來多少華髮

〔評〕

譚獻曰。大踏步出來。與眉山同工異曲。然東坡是衣冠偉人。稼軒則弓刀遊俠。樓空二句。可識其俊逸清新兼之故實。（譚評詞辨）

梁啓超曰。此南渡之感。（藝蘅館詞選）

水調歌頭

盟鷗

帶湖吾甚愛。千丈翠奩開。先生杖屨無事。一日走千回。凡我同盟鷗鷺。今日既盟之後。來往莫相猜。白鶴在何處。嘗試與偕來。　破青萍。排翠藻。立蒼苔。窺魚笑汝癡計。不解舉吾杯。廢沼荒丘疇昔。明月清風此夜。人世幾歡哀。東岸綠陰少。楊柳更須栽。

木蘭花慢

滁州送范倅

老來情味減。對別酒。怯流年。況屈指中秋。十分好月。不照人圓。無情水都不管。共西風只管（宋本作等）送歸船。秋晚蓴鱸江上。夜深兒女燈前。　征衫便好去朝天。玉殿正思賢。想夜半承明。留教視艸。卻遣籌邊。長安故人問我。道愁腸殢酒（宋本作尋常泥酒）只依然。目斷秋霄落雁。醉來時響（宋本作嚮）空弦。

水龍吟

登建康賞心亭

楚天千里淸秋水隨天去秋無際遙岑遠目獻愁供恨玉簪螺髻落日樓頭斷鴻聲裏江南遊子把吳鉤看了欄干拍徧無人會登臨意　休說鱸魚堪膾儘西風季鷹歸未求田問舍怕應羞見劉郎才氣可惜流年憂愁風雨樹猶如此倩何人喚取紅巾翠袖搵英雄淚

〔評〕

譚獻曰。裂竹之聲。何嘗不潛氣內轉．（譚評詞辨）

陳洵曰。起句破空而來。秋無際．從水隨天去中見。玉簪螺髻之獻愁供恨．從遠目中見。江南遊子．從斷鴻落日中見。純用倒捲之筆。吳鉤看了。闌干拍遍。則仍縮入江南遊子上。無人會縱開。登臨意收合。後片愈轉愈奇。季鷹未歸。則鱸膾徒然。一轉。劉郎羞見。則田舍徒然。一轉。如此．則江南遊子。亦惟長抱此憂以老而已。卻不說出。而以樹猶如此作半面語縮住。倩何人以下十三字。應上無人會登臨意作結。稼軒縱橫豪宕。而筆筆能留。字字有脈絡如此。學者苟能於此得法。則淸眞．稼軒．夢窗三家實一家。若徒視爲眞率則失此賢矣。淸眞．稼軒．夢窗各有神采。淸眞出於韋端己。夢窗出於温飛卿。稼軒出於南唐李主。莫不有一己之性情境地。而平平轍迹。則殊塗同歸。而或者以鹵莽學之。或者委爲不可學。嗚呼。鮮能知味。小技猶然。況大道乎。（海綃翁說詞稿本）

水龍吟

過南澗（宋本作劍）雙溪樓

舉頭西北浮雲，倚天萬里須長劍。人言此地，夜深長見，斗牛光燄。我覺山高，潭空水冷，月明星淡。待燃犀下看，憑欄卻怕，風雷怒，魚龍慘。　峽束蒼江對起，過危樓，欲飛還斂。元龍老矣，不妨高臥，冰壺涼簟。千古興亡，百年悲笑，一時登覽。問何人又卸片

帆沙岸繫斜陽纜

〔評〕

周濟曰。欲抉浮雲。必須長劍。長劍不可得出。安得不恨魚龍。(宋四家詞選)

摸魚兒

淳熙己亥。自湖北漕移湖南。同官王正之置酒小山亭。爲賦。

更能消幾番風雨。匆匆春又歸去。惜春長怕(宋本作恨)花開早。何況落紅無數。春且住。見說道。天涯芳艸無(宋本作迷)歸路。怨春不語。算只有殷勤。畫簷蛛網。盡日惹飛絮。　長門事。準擬佳期又誤。蛾眉曾有人妒。千金縱買相如賦。脈脈此情誰訴。君莫舞。君不見。玉環飛燕皆塵土。閒愁最苦。休去倚危欄(宋本作樓)斜陽正在。煙柳斷腸處。

〔評〕

羅大經曰。詞意殊怨。斜陽煙柳之句。其與未須愁日暮。天際乍輕陰者異矣。

聞壽皇聞此詞頗不悅。然終不加罪也。（鶴林玉露）

譚獻曰。權奇倜儻。純用太白樂府詩法。見說道句是開。君不見句是合。（譚評詞辨）

梁啓超曰。迴腸盪氣。至於此極。前無古人。後無來者。（藝蘅館詞選）

王闓運曰。算只有三句是指張浚秦檜一班人。又曰。亡國之音。不爲諷刺。（湘綺樓詞選）

永遇樂

京口北固亭懷古

千古江山。英雄無覓孫仲謀處。舞榭歌臺。風流總被雨打風吹去。斜陽艸樹。尋常巷陌。人道寄奴曾住。想當年。金戈鐵馬。氣吞萬里如虎。　元嘉艸艸。封狼居胥。贏得倉皇北顧。四十三年。望中猶記。烽火揚州路。可堪回首。佛貍祠下。一片神鴉社鼓。憑誰問。廉頗老矣。尚能飯否。

〔評〕周濟曰。有英主則可以降中興。此是正說。英主必起於草澤。此是反說。又曰。繼世圖功。前車如此。（宋四家詞選）譚獻曰。起句嫌有獷氣。且使事太多。宜爲岳氏所譏。（見岳珂桯史）非稼軒之盛氣。勿輕染指也。（譚評詞辨）

漢宮春

立春（宋本作立春日）

春已歸來。看美人頭上。裊裊春幡。無端風雨。未肯收盡餘寒。年時燕子。料今宵夢到西園。渾未辦黃柑薦酒。更傳青韭堆盤。

卻笑東風從此。便薰梅染柳。更沒些閒。閒時又來鏡裏。轉變朱顏。清愁不斷。問何人會解連環。生怕見花開花落。朝來塞雁先還。

〔評〕

周濟曰。春旛九字。情景已極不堪。燕子猶記年時好夢。黃柑青韭。極寫燕安酖毒。換頭又提動黨禍。結用雁與燕。激射。卻捎帶五國城舊恨。辛詞之怨。未有甚於此者。（宋四家詞選）

譚獻曰。以古文長篇法行之。（譚評詞辨）

祝英臺近

晚春

寶釵分。桃葉渡。煙柳暗南浦。怕上層樓。十日九風雨。斷腸片片（毛本作點點）飛。紅都無人管。更誰勸（宋本作倩誰喚）啼（毛本作流）鶯聲住。　鬢邊覷。應（宋本作試）把花卜歸期。才簪又重數。羅帳燈昏。哽（宋本作嗚）咽夢中語。是他春帶愁來。春歸何處。卻不解。帶將愁去。

〔評〕

譚獻曰。斷腸三句。一波三過折。末三句託興深切。亦非全用直語。

〔紀事〕

貴耳集。呂婆。呂正己之妻。正己爲京畿漕。有女事辛幼安。因以微事觸其怒。竟逐之。今稼軒桃葉渡詞。因此而作。按此說恐非是。以與詞意不甚相關也。

粉蝶兒

和趙晉臣敷文賦落梅（宋本作和晉臣賦落花）

昨日春如，十三女兒學繡。一枝枝，不教花瘦。甚無情，便下得雨僝風僽。向園林，鋪作地衣紅縐。而今春似輕薄蕩子難久。記前時，送春歸後。把春波，都釀作一江醇酎。約清愁，楊柳岸邊相候。

青玉案

元夕

東風夜放花千樹。更吹落，星如雨。寶馬雕車香滿路。鳳簫聲動，玉壺光轉，一夜魚龍舞。蛾兒雪柳黃金縷。笑語盈盈暗香去。衆裏尋他千百度。驀然迴首，那人卻在，燈

火闌珊處

〔評〕

彭孫遹曰。稼軒驀然回首。那人卻在。燈火闌珊處。秦周之佳境也。（金粟詞話）

譚獻曰。稼軒心胸發其才氣。改之而下則獷。起二句賦色瑰異。收處和婉。（譚評詞辨）

梁啓超曰。自憐幽獨。傷心人別有懷抱。（藝蘅館詞選）

破陣子

為陳同甫賦壯詞以寄之

醉裏挑燈看劍夢回吹角連營八百里分麾下炙五十絃翻塞外聲沙場秋點兵馬作的盧飛快弓如霹靂弦驚了卻君王天下事贏得生前身後名可憐白髮生

蝶戀花

元日立春

誰向椒盤簪綵勝整整韶華爭上春風鬢往日不堪重記省爲花常把新春恨　春未來時先借問晚恨開遲早又飄零近今歲花期消息定只愁風雨無憑準

〔評〕

譚獻曰。末二句旋撇旋挽。（譚評詞辨）

鷓鴣天

陌上柔桑破嫩（宋本作初破）芽東鄰蠶種已生些平岡細草鳴黃犢斜日寒林點暮鴉　山遠近路橫斜青旗沽酒有人家城中桃李愁風雨春在溪頭薺菜（宋本作野薺）花

鷓鴣天

撲面征塵去路遙香篝漸覺水沈銷山無重數週遭碧花不知名分外嬌　人歷歷馬蕭蕭旌旗又過小紅橋愁邊剩有相思句搖斷吟鞭碧玉梢

鷓鴣天

鵝湖歸病起作

枕簟溪堂冷欲秋。斷雲依水晚來收。紅蓮相倚渾如醉。白鳥無言定自愁。　書咄咄。且休休。一丘一壑也風流。不知筋力衰多少。但覺新來嬾上樓。

〔評〕

周濟曰。詞中有此大筆。（宋四家詞選）

況周頤曰。不知二句入詞佳。入詩便稍覺未合。詞與詩體格不同處。其消息卽此可參。（蕙風詞話）

鷓鴣天

有甚閑愁可皺眉。老懷無緒自傷悲。百年旋逐花陰轉。萬事長看鬢髮知。　溪上枕。竹閒棋。怕尋酒伴嬾吟詩。十分筋力誇彊健。只比年時病起時。（宋本題作重九席上再賦）

鷓鴣天

石門道中

山上飛泉萬斛珠◎懸崖千丈落鼪鼯。已通樵徑行還礙△似有人聲聽卻無◎　閒略彴△遠浮屠◎溪南修竹有茅廬◎莫嫌杖屨頻來往△此地偏宜著老夫◎

鷓鴣天

有客慨然談功名。因追念少年時事戲作。

壯歲旌旗擁萬夫◎錦襜突騎渡江初◎燕兵夜娖（側角切）銀胡簶△漢箭朝飛金僕姑◎　追往事△歎今吾◎春風不染白髭鬚◎卻將萬字平戎策△換得東家種樹書◎

西江月

夜行黃沙道中

明月別枝驚鵲◎清風半夜鳴蟬◎稻花香裏說豐年◎聽取蛙聲一片◎　七八箇星天外△兩三點雨山前◎舊時茆店社林邊◎路轉溪橋忽見◎

西江月

示兒曹以家事付之（宋本作以家付兒曹示之）

萬事雲煙忽過百年（宋本作一身）蒲柳先衰而今何事最相宜宜醉宜遊宜睡
早趁催科了納更量出入收支迺翁依舊管些兒管竹管山管水

清平樂

博山道中卽事

茅簷低小溪上青青草醉裏吳（宋本作蠻）音相媚好白髮誰家翁媼　大兒鋤豆溪東中兒正織雞籠最喜小兒亡賴溪頭看（宋本作臥）剝蓮蓬

清平樂

獨宿博山王氏菴

遶牀飢鼠蝙蝠翻燈舞屋上松風吹急雨破紙窗間自語　平生塞北江南歸來華髮蒼顏布被秋宵夢覺眼前萬里江山

好事近

送李復州致一席上和韻

和淚唱陽關△依舊字嬌聲穩◎囘首長安何處△怕行人歸晚◎　垂楊折盡只啼鴉△把離愁勾引◎卻笑遠山無數△被行雲低損◎

菩薩蠻

書江西造口壁

鬱孤臺下清江水中間多少行人淚西（宋本作東）北望（宋本作是）長安可憐無數山　青山遮不住畢竟東（宋本作江）流去江晚正愁余山深聞鷓鴣

〔評〕

羅大經曰。南渡之初。虜人追隆祐太后御舟至造口。不及而還。幼安因此起興。聞鷓鴣之句。謂恢復之事行不得也。（鶴林玉露）

周濟曰。借水怨山。（宋四家詞選）

譚獻曰。西北二句。宕逸中亦深鍊。（譚評詞辨）

梁啓超曰。菩薩蠻如此大聲鏜鞳。未曾有也。（藝衡館詞選）

浣溪沙

黃沙嶺

寸步人間百尺樓◎孤城春水一沙鷗◎天風吹樹幾時休◎　突兀趁人山石狠△朦朧避路野花羞◎人家平水廟東頭◎

浣溪沙

常山道中卽事

北隴田高踏水頻◎西溪禾早已嘗新◎隔牆沽酒煮纖鱗◎　忽有微涼何處雨△更無留影霎時雲◎賣瓜人過竹邊村◎

右辛棄疾詞三十首錄自四印齋本稼軒長短句

〔作者小傳〕

辛棄疾字幼安。齊之歷城人。少師蔡伯堅。與黨懷英同學。號辛黨。耿京聚兵山東。節制山東河北忠義軍。棄疾爲掌書記。卽勸京決策南向。紹興三十二年。京令棄疾奉表歸宋。高宗勞師建康。召見。嘉納之。授承務郎。天平節度掌書記。改差江陰僉判。時年二十三。乾道四年。通判建康府。遷司農主簿。出知滁州。提點江西刑獄。加祕閣修撰。歷大理少卿。湖北湖南運副。擢知潭州。兼湖南安撫使。加右文殿修撰。差知隆興。兼江西安撫使。坐言罷。紹熙二年。起福建安撫提刑。加集賢殿修撰。知福州。丐祠歸。再起知紹興。兼浙東安撫使。進寶文閣待制。樞密院都承旨。又進龍圖閣。知江陵府。開禧三年。令赴行在奏事。試兵部侍郎。辭免。家居。九月初十日卒。棄疾晚家上饒。以所居毀於火。徙居鉛山。卒葬鉛山縣南十五里陽源山。德祐初。以謝枋得請。贈少師。諡忠敏。（事詳宋史卷四百七本傳及予所著稼軒年譜訂補）所爲稼軒長短句十二卷。有毛氏汲古閣本。（合幷四卷題曰稼軒詞）王氏四印齋影元本。吳氏石蓮庵山左人詞本。武進陶氏景宋本。（分甲乙丙丁四集缺丁集）又景小草齋鈔本。（十二卷本）萬載辛氏祠堂本。中以王本最備。陶景宋本最精。辛本有補遺。爲彊邨叢書本所從出。此外又有天津圖書館藏明鈔唐宋百家詞本。日本靜嘉堂藏陸勅先校本。

〔集評〕

劉克莊曰。公所作大聲鏜鞳。小聲鏗鍧。橫絕六合。掃空萬古。其穠麗綿密者。亦不在小晏秦郎之下。（後村詩話）

楊愼曰。辛稼軒。自非脫落故常者。未易窺其堂奧。（詞品）

賀裳曰。稼軒雖入麤豪。尙饒氣骨。（皺水軒詞筌）

俞彥曰。唐詩三變愈下。宋詞殊不然。歐蘇秦黃足當高岑王李。南渡以後。矯矯陡健。卽不得稱中宋晚宋也。惟辛稼軒自度粱肉不勝前哲。特出奇險。爲珍錯供。與劉後村輩。俱曹洞旁出。學者正可欽佩。不必反脣并捧心也。（爰

園詞話）

彭孫遹曰。稼軒詞胸有萬卷。筆無點塵。激昂排宕。不可一世。今人未有稼軒一字。輒紛紛爲異同之論。宋玉罪人。可勝三歎。（金粟詞話）

鄒祗謨曰。稼軒詞中調小令。亦間作嫵媚語。觀其得意處。眞有壓倒古人之意。（遠志齋詞衷）

沈謙曰。稼軒詞以激揚奮厲爲工。至寶釵分桃葉渡一曲。昵狎溫柔。魂銷意盡。才人伎倆。眞不可測。（古今詞話引）

樓敬思曰。稼軒驅使莊騷經史。無一點斧鑿痕。筆力甚峭。（詞林紀事引）

周濟曰。稼軒不平之鳴。隨處輒發。有英雄語。無學問語。故往往鋒穎太露。然其才情富豔。思力果銳。南北兩朝。實無其匹。無怪流傳之廣且久也。又曰。世以蘇辛並稱。蘇之自在處。辛偶能到之。辛之當行處。蘇必不能到。二公之詞。不可同日語也。又曰。後人以麤豪學稼軒。非徒無其才。並無其情。稼軒固是才大。然情至處。後人萬不能及。又曰。北宋詞多就景敍情。故珠圓玉潤。四照玲瓏。至稼軒白石。一變而爲卽事敍景。使深者反淺。曲者反直。吾十年來服膺白石。而以稼軒爲外道。由今思之。可謂瞽人捫籥也。稼軒鬱勃。故情深。白石放曠。故情淺。稼軒縱橫。故才大。白石局促。故才小。惟暗香疎影二詞。寄意題外。包蘊無窮。可與稼軒伯仲。餘俱據事直書。不過手意近辣耳。（介存齋論詞雜著） 又曰。蘇辛並稱。東坡天趣獨到處。殆成絕詣。而苦不經意。完璧甚少。稼軒則沈著痛快。有轍可循。南宋諸公。無不傳其衣鉢。固未可同年而語也。又曰。稼軒由北開南。夢窗由南追北。是詞家轉境。（宋四家詞選序論）

劉體仁曰。稼軒非不自立門戶。但自散仙入聖。非正法眼藏。（七頌堂詞繹）

吳衡照曰。辛稼軒別開天地。橫絕古今。論、孟、詩小序、左氏春秋、離騷、史、漢、世說、選學、李、杜詩、拉雜運用。彌見其筆力之峭。（蓮子居詞話）

劉熙載曰。蘇辛皆至情至性人。故其詞瀟灑卓犖。悉出於溫柔敦厚。世或以粗獷託蘇辛。固宜有視蘇辛爲別調者矣。又曰。張玉田盛稱白石。而不甚許稼軒。耳食者遂於兩家有軒輊。意不知稼軒之體。白石嘗效之矣。集中如永遇樂漢宮春諸闋。均次稼軒韻。其吐屬氣味。皆若祕響相通。何後人過分門戶耶。又曰。稼軒詞龍騰虎擲。任古書中理語廋語。一經運用。便得風流天姿是何負異。（藝概）

謝章鋌曰。學稼軒要於豪邁中見精緻。近人學稼軒。只學得莽字。粗字。無怪闌入打油惡道。試取辛詞讀之。豈一味叫囂者所能望其頂踵。蔣藏園（士銓）爲善於學稼軒者。又曰。稼軒是極有性情人。學稼軒者。胸中須先具一段眞氣奇氣。否則雖紙上奔騰。其中俄空焉。亦蕭蕭索索。如牖下風耳。晏秦之妙麗。源於李太白溫飛卿。姜史之淸眞。源於張志和白香山。惟蘇辛在詞中。則藩籬獨闢矣。讀蘇辛詞。知詞中有人。詞中有品。不敢自爲菲薄。然辛以畢生精力注之。比之蘇尤爲橫出。吳子律曰。辛之於蘇。猶詩中山谷之視東坡也。東坡之大。殆不可以學而至。此論或不盡然。蘇風格自高。而性情頗歉。辛卻纏綿惻悱。且辛之造語俊於蘇。若僅以大論也。則室之大不如堂。而以堂為室可乎。（賭棋山莊詞話）

馮煦曰。稼軒負高世之材。不可羈勒。能於唐宋諸大家外。別樹一幟。自茲以降。詞家遂有門戶主奴之見。而才氣橫軼者。羣樂其豪縱而效之。乃至里俗浮囂之子。亦靡不推波助瀾。自託辛劉。以屏蔽其陋。則非稼軒之咎。而不善學者之咎也。卽如集中所載水調歌頭長恨復長恨一闋。水龍吟昔時曾有佳人一闋。連綴古語。渾然天成。既非東家所能效顰。而摸魚兒西河祝英臺近諸作。摧剛為柔。纏綿悱惻。尤與粗獷一派。判若秦越。（宋六十家詞選例言）

況周頤曰。性情少。勿學稼軒。非絕頂聰明。勿學夢窗。東坡稼軒。其秀在骨。其厚在神。初學看之。但得其麤率而已。其實二公不經意處。是眞率。非麤率也。

（香海棠館詞話）

周爾墉曰。今人祇以粗獷學蘇辛。眞不直一噱。余作論詞絕句。有云。稼軒奇氣欲拏雲。字字華嚴劫外身。夜半傳衣誰得髓。西風吹面庚郎塵。（周評絕妙好詞傳鈔本）

陸游

好事近

登梅仙山絕頂望海

揮袖上西峯孤絕去天無尺拄杖下臨鯨海數煙帆歷歷　貪看雲氣舞青鸞歸路已將夕多謝半山松吹解慇懃留客

鷓鴣天

家住蒼煙落照間絲毫塵事不相關斟殘玉瀣行穿竹卷罷黃庭臥看山　貪嘯傲任衰殘不妨隨處一開顏元知造物心腸別老卻英雄似等閒

朝中措

梅

幽姿不入少年場無語只淒涼一箇飄零身世十分冷淡心腸　江頭月底新詩舊夢孤恨清香任是春風不管也曾先識東皇

卜算子

詠梅

驛外斷橋邊寂寞開無主已是黃昏獨自愁更著風和雨　無意苦爭春一任羣芳妒零落成泥碾作塵只有香如故

夜遊宮

記夢寄師伯渾

雪曉清笳亂起夢遊處不知何地鐵騎無聲望似水想關河雁門西青海際　睡覺寒燈裏漏聲斷月斜牕紙自許封侯在萬里有誰知鬢雖殘心未死

齊天樂

左綿道中

角殘鐘晚關山路△行人乍依孤店◎塞月征塵△鞭絲帽影△常把流年虛占◎藏鴉柳暗◎歎輕負鶯花△謾勞書劍◎事往關情△悄然頻動壯遊念◎ 孤懷誰與強遣◎市壚沽酒△酒薄怎當愁釅◎倚瑟妍詞△調鉛妙筆△那寫柔情芳豔◎征途自厭◎況煙斂蕪痕△雨稀萍點◎最是眠時△枕寒門半掩◎

漁家傲

寄仲高

東望山陰何處是◎往來一萬三千里◎寫得家書空滿紙◎流清淚書回已是明年事◎ 寄語紅橋橋下水◎扁舟何日尋兄弟◎行遍天涯眞老矣◎愁無寐◎鬢絲幾縷茶煙裏◎

桃園憶故人

中原當日山川震◎關輔回頭煨燼◎淚盡兩河征鎮◎日望中興運◎ 秋風霜滿青青鬢◎

老卻新豐英俊雲外華山千仞依舊無人問

鵲橋僊

夜聞杜鵑

茅簷人靜蓬牕燈暗春晚連江風雨林鶯巢燕總無聲但月夜常啼杜宇　催成清淚驚殘孤夢又揀深枝飛去故山猶自不堪聽況半世飄然羈旅

謝池春

壯歲從戎曾是氣吞殘虜陣雲高狼煙夜舉朱顏青鬢擁雕戈西戍笑儒冠自來多誤　功名夢斷卻泛扁舟吳楚漫悲歌傷懷弔古煙波無際望秦關何處歎流年又成虛度

右陸游詞十首錄自宋六十家詞本放翁詞

〔作者小傳〕

陸游字務觀。越州山陰人。累官大理寺司直。孝宗即位。遷樞密院編修官。召見。賜進士出身。時和議將成。出通判建康府。尋易隆興府。范成大帥蜀。游爲參議官。以文字交。不拘禮法。人譏其頹放。因自號放翁。後累遷江西常平提舉。知嚴州。嘉泰二年。以孝宗光宗兩朝實錄、及三朝史未就。詔游同修國史實錄院同修撰。三年書成。遂升寶章閣待制。致仕。嘉定二年卒。年八十五。（節錄宋史本傳）游才氣超逸。尤長於詩。兼喜作詞。嘗自謂少時汨於世俗。頗有所爲。晚而悔之。然漁歌菱唱。猶不能止云。（放翁詞自序）有放翁詞一卷。毛氏宋六十家詞本。

〔集評〕

劉克莊曰。放翁、稼軒、一掃纖豔。不事斧鑿。但時時掉書袋。要是一癖。（後邨詩話）

毛晉曰。楊用修云。放翁詞纖麗處似淮海。雄慨處似東坡。予謂超爽處更似稼軒耳。（放翁詞跋）

劉熙載曰。陸放翁詞。安雅清贍。其尤佳者。在蘇秦間。然乏超然之致。天然之韻。是以人得測其所至。（藝概）

馮煦曰。劍南屏除纖豔。獨往獨來。其逋峭沈鬱之概。求之有宋諸家。無可方比。提要以爲詩人之言。終爲近雅。與詞人之冶蕩有殊。是也。至謂游欲驛騎東坡淮海之間。故奄有其勝。而皆不能造其極。則或非放翁之本意歟。（宋六十一家詞選例言）

姜夔

霓裳中序第一

丙午歲。留長沙。登祝融。因得其祠神之曲。曰黃帝鹽。蘇合香。又於樂工故書中。得商調霓裳曲十八闋。皆虛譜無辭。按沈氏樂律。霓裳道調。此乃商調。樂天詩云。散序六闋。此特兩闋。未知孰是。然音節閒雅。不類今曲。予不暇盡作。作中序一闋傳於世。予方羈遊。感此古音。不自知其辭之怨抑也。

亭。皋。正。望。極◎亂。落。江。蓮。歸。未。得◎多病卻無氣力◎況紈扇漸疏△羅衣初索◎流光過隙◎歎杏・梁雙燕如客◎人何在△一簾淡月△彷彿照顏色◎　幽寂◎亂蛩吟壁◎動庾信清愁似織◎沈思年少浪迹◎笛裏關山△柳下坊陌◎墜紅無信息◎漫暗水涓涓溜碧◎漂零久△而今何意△醉臥酒壚側◎

慶宮春

紹熙辛亥除夕。予別石湖歸吳興。雪後夜過垂虹。嘗賦詩云。笠澤茫茫雁影微。玉峯重疊護雲衣。長橋寂寞春寒夜。只有詩人一舸歸。後五年冬。復與俞商卿・張平甫・銛朴翁自封禺同載詣梁溪。道經吳松。山寒天迥。雲浪四合。中夕相呼步垂虹。星斗下垂。錯雜漁火。朔吹凜凜。卮酒不能支。朴翁以衾自纏。猶相與行吟。因賦此闋。蓋過旬塗稿乃定。朴翁咎予無益。然意所躭。不能自已也。平甫・商卿・朴翁皆工於詩。所出奇詭。予亦強追逐之。此行既歸。各得五十餘解。

雙槳蓴波一蓑松雨暮愁漸滿空闊呼我盟鷗翩翩欲下背人還過木末那回歸去蕩雲雪孤舟夜發傷心重見依約眉山黛痕低壓　采香徑裏春寒老子婆娑自歌誰答垂虹西望飄然引去此興平生難遏酒醒波遠正凝想明璫素韈如今安在唯有闌干伴人一霎

齊天樂

丙辰歲與張功父會飲張達可之堂。聞屋壁間蟋蟀有聲。功父約予同賦。以授歌者。功父先成。辭甚美。予徘徊末利花間。仰見秋月。頓起幽思。尋亦得此。蟋蟀中都呼爲促織。善鬭。好事者或以三二十萬錢致一枚。鏤象齒爲樓觀以貯之。

庾郎先自吟愁賦淒淒更聞私語露溼銅鋪苔侵石井都是曾聽伊處哀音似訴正思婦無眠起尋機杼曲曲屏山夜涼獨自甚情緒　西窗又吹暗雨爲誰頻斷續相和砧杵候館迎秋離宮弔月別有傷心無數豳詩漫與笑籬落呼燈世間兒女寫入

翠絲△一聲聲更苦◎

〔評〕

張炎曰。詩難於詠物。詞爲尤難。體認稍眞。則拘而不暢。模寫差遠。則晦而不明。要須收縱聯密。用事合題。一段意思。全在結句。斯爲絕妙。如白石齊天樂賦促織云云。皆全章精粹。所詠瞭然在目。且不留滯於物。（詞源卷下）

鄭文焯曰。負暄雜錄。鬭蛩之戲。始於天寶間。長安富人鏤象牙爲籠而蓄之。以萬金之貲。付之一喙。此敍所記好事者云云。可知其習尙至宋宣政間。殆有甚於唐之天寶時矣。功父滿庭芳詞。詠促織兒。淸雋幽美。實擅詞家能事。有觀止之歎。白石別搆一格。下闋託寄遙深。亦足千古已。（鄭氏手校白石道人歌曲）

〔附錄〕

張鎡滿庭芳詠促織兒云。月洗高梧△露溥幽草△寶釵樓外秋深◎土花沿翠△螢

火墜牆陰◎靜聽寒聲斷續△微韻轉•淒咽悲沈◎爭求侶△殷勤勸織△促破曉機心◎

兒時曾記得△呼○燈○灌○穴◎斂○步○隨○音◎任○滿○身○花○影△猶○自○追○尋◎攜向華堂戲鬭△亭臺小•籠巧妝金◎今○休○說△從○渠○牀○下△涼○夜○伴○孤○吟◎（朱刻南湖詩餘）

一萼紅

丙午人日。予客長沙別駕之觀政堂。堂下曲沼。沼西負古垣。有盧橘幽篁。一徑深曲。穿徑而南。官梅數十株。如椒如菽。或紅破白露。枝影扶疏。著屐蒼苔細石間。野興橫生。亟命駕登定王臺。亂湘流入麓山。湘雲低昂。湘波容與。興盡悲來。醉吟成調。

古城陰◎有官梅幾許△紅萼未宜簪◎池面冰膠△牆腰雪老△雲意還又沈沈◎翠藤共•閒穿徑竹△漸笑語•驚起臥沙禽◎野老林泉△故王臺榭△呼喚登臨◎

南○去○北○來○何○事△蕩○湘○雲○楚○水△目○極○傷○心◎朱戶黏雞△金盤簇燕△空歎時序侵尋◎記曾共•西樓雅集△想垂楊•還嫋萬絲金◎待得歸鞍到時△只怕春深◎

〔評〕

周爾墉曰。石帚詞換頭處多不放過。最宜深味。(周評絕妙好詞)

念奴嬌

予客武陵。湖北憲治在焉。古城野水。喬木參天。予與二三友。日蕩舟其間。薄荷花而飲。意象幽閒。不類人境。秋水且涸。荷葉出地尋丈。因列坐其下。上不見日。清風徐來。綠雲自動。間於疏處。窺見遊人畫船。亦一樂也。朅來吳興。數得相羊荷花中。又夜泛西湖。光景奇絕。故以此句寫之。

鬧紅一舸。記來時嘗與鴛鴦爲侶。三十六陂人未到。水佩風裳無數。翠葉吹涼。玉容銷酒。更灑菰蒲雨。嫣然搖動。冷香飛上詩句。 日暮青蓋亭亭。爭忍凌波去。只恐舞衣寒易落。愁入西風南浦。高柳垂陰。老魚吹浪。留我花間住。田田多少。幾回沙際歸路。

眉嫵(一名百宜嬌)

戲張仲遠

看垂楊連苑△杜若侵沙△愁損未歸眼◎信馬青樓去△重簾下·娉婷人妙飛燕◎翠尊共款◎聽豔歌·郎意先感◎便攜手·月地雲階裏△愛良夜微暖◎無限風流疏散◎有暗藏弓履△偷寄香翰◎明日聞津鼓△湘江上·催人還解春纜◎亂紅萬點◎悵斷魂·煙水遙遠◎又爭似·相攜乘一舸△鎮長見◎

〔紀事〕耆舊續聞。堯章嘗寓吳興張仲遠家。屢出外。其室人知書。賓客通問。必先窺來札。性頗妒。堯章戲作百宜嬌詞以遺之。竟爲所見。仲遠歸。竟莫能辨。則受其指爪損面。至不能出外云。

琵琶仙

吳都賦云。戶藏煙浦。家具畫船。唯吳興爲然。春遊之盛。西湖未能過也。己酉歲。予與蕭時父載酒南郭。感遇成歌。

雙燕來時有人似舊曲桃根桃葉歌扇輕約飛花蛾眉正奇絕春漸遠汀洲自綠更添了幾聲啼鴂十里揚州三生杜牧前事休說 又還是宮燭分煙奈愁裏悤悤換時節都把一襟芳思與空階榆筴千萬縷藏鴉細柳爲玉尊起舞囘雪想見西出陽關故人初別

〔評〕張炎曰。情景交鍊。得言外意。（詞源）

探春慢

予自孩幼。從先人宦于古沔。女須因嫁焉。中去復來。幾二十年。豈惟姊弟之愛。沔之父老兒女子。亦莫不予愛也。丙午冬。千巖老人約予過苕霅。歲晚乘濤載雪而下。顧念依依。殆不能去。作此曲。別鄭次皋。辛克淸。姚剛中諸君。

衰草愁煙亂鴉送日風沙囘旋平野拂雪金鞭欺寒茸帽還記章臺走馬誰念漂零久漫贏得幽懷難寫故人清沔相逢小窗閒共情話 長恨離多會少重訪問竹西

珠淚盈把。雁磧波平。漁汀人散。老去不堪遊冶。無奈苕溪月。又照我。扁舟東下。甚日歸來。梅花零亂春夜。

八歸

湘中送胡德華

芳蓮墜粉。疏桐吹綠。庭院暗雨乍歇。無端抱影銷魂處。還見篠牆螢暗。蘚階蛩切。送客重尋西去路。問水面。琵琶誰撥。最可惜一片江山。總付與啼鴂。長恨相從未款。而今何事。又對西風離別。渚寒煙淡。櫂移人遠。縹渺行舟如葉。想文君望久。倚竹愁生步羅襪。歸來後。翠尊雙飲。下了珠簾。玲瓏閒看月。

〔評〕

麥孺博曰。全首一氣到底。刀揮不斷。

揚州慢

淳熙丙申至日。予過維揚。夜雪初霽。薺麥彌望。入其城。則四顧蕭條。寒水自

碧。暮色漸起。戍角悲吟。予懷愴然。感慨今昔。因自度此曲。千巖老人以爲有
黍離之悲也。

淮左名都。竹西佳處。解鞍少駐初程。過春風十里。盡薺麥青青。自胡馬窺江去後。廢池喬木。猶厭言兵。漸黃昏清角吹寒。都在空城。 杜郎俊賞。算而今重到須驚。縱豆蔻詞工。青樓夢好。難賦深情。二十四橋仍在。波心蕩冷月無聲。念橋邊紅藥。年年知爲誰生。（鄭文焯云。角藥夾協。）

長亭怨慢

予頗喜自製曲。初率意爲長短句。然後協以律。故前後闋多不同。桓大司馬云。昔年種柳。依依漢南。今看搖落。悽愴江潭。樹猶如此。人何以堪。此語予深愛之。

漸吹盡枝頭香絮。是處人家。綠深門戶。遠浦縈回。暮帆零亂向何許。閱人多矣。誰得似長亭樹。樹若有情時。不會得青青如此。 日暮望高城不見。只見亂山無數。韋郎

去也怎忘得玉環分付第一是早早歸來怕紅萼無人爲主算只有并刀難翦離愁千縷

〔評〕

麥孺博曰。渾灝流轉。脫胎稼軒。

淡黃柳

客居合肥南城赤闌橋之西。巷陌淒涼。與江左異。唯柳色夾道。依依可憐。因度此闋。以紓客懷。

空城曉角吹入垂楊陌馬上單衣寒惻惻看盡鵝黃嫩綠都是江南舊相識　正岑寂明朝又寒食強攜酒小橋宅怕梨花落盡成秋色燕燕飛來問春何在唯有池塘自碧

〔評〕

譚獻曰。白石稼軒。同音笙磬。但清脆與鏜鞳異響。此事自關性分。（譚評詞

辨）

暗香

辛亥之冬。予載雪詣石湖。止既月。授簡索句。且徵新聲。作此兩曲。石湖把玩不已。使工妓隸習之。音節諧婉。乃名之曰暗香疏影。

舊時月色。算幾番照我。梅邊吹笛。喚起玉人。不管淸寒與攀摘。何遜而今漸老。都忘卻春風詞筆。但怪得竹外疏花。香冷入瑤席。　江國正寂寂。歎寄與路遙。夜雪初積。翠尊易泣。紅萼無言耿相憶。長記曾攜手處。千樹壓西湖寒碧。又片片吹盡也。幾時見得。

〔評〕

張惠言曰。題曰石湖詠梅。此爲石湖作也。時石湖蓋有隱遯之志。故作此二詞以沮之。白石石湖仙云。須信石湖仙。似鴟夷飄然引去。末云。聞好語。明年定在槐府。此與同意。又曰。首章言己嘗有用世之志。今老無能。但望之石湖

也。（張惠言詞選）

周濟曰。前半闋言盛時如此。後半闋想其盛時。感其衰時。（宋四家詞選）

周爾墉曰。此詞上半以舊時而今作開合耳。而夭矯變化能令讀者攬挹不盡。是爲筆妙。亦由胸次高妙。不煩皁莢相料理故也。又云發端縹緲。（周評絕妙好詞）

譚獻曰。石湖詠梅。是堯章獨到處。翠尊二句。深美有騷辨意。（譚評詞辨）

王闓運曰。如此起法。卽不是詠梅矣。暗香疏影二詞最有名。然語高品下。以其貪用典故也。（湘綺樓詞選）

疏影

苔枝綴玉。有翠禽小小。枝上同宿。客裏相逢。籬角黃昏。無言自倚修竹。昭君不慣胡沙遠。但暗憶江南江北。想佩環月夜歸來。化作此花幽獨。　猶記深宮舊事。那人正睡裏。飛近蛾綠。莫似春風。不管盈盈。早與安排金屋。還教一片隨波去。又卻怨玉龍

哀○曲◎等恁時•重覓幽香△已入小窗橫幅●

〔評〕

張炎曰。白石暗香疎影二曲。前無古人。後無來者。自立新意。眞爲絕唱。疎影前段用少陵詩。後段用壽陽事。此皆用事不爲事使。（詞源）

張惠言曰。此章更以二帝之憤發之。故有昭君之句。（張惠言詞選）

周濟曰。此詞以相逢化作莫似六字作骨。莫似五句言其不能挽留聽其自爲盛衰也。（宋四家詞選）

周爾墉曰。何遜昭君皆屬隸事。但運氣空靈。變化虛實。不同獺祭鈍機耳。（周評絕妙好詞）

譚獻曰。還教二句。跌宕昭彰。（譚評詞辨）

鄭文焯曰。此蓋傷心二帝蒙塵。諸后妃相從北轅。淪落胡地。故以昭君託喻。發言哀斷。攷唐王建塞上詠某詩曰。天山路旁一株梅。年年花發黃雲下。昭君已沒漢使囘。前後征人誰繫馬。白石詞意當本此。近世讀者多以意疏解。或有嫌其舉典擬不於倫者。殆不自知其淺闇矣。　詞中數語。純從少陵詠明妃詩義櫽括。出以清健之筆。如聞空中笙鶴。飄飄欲仙。覺草窗碧山所作弔雪香亭梅諸詞。皆人間語。視此如隔一塵。宜當時傳播吟口。爲千古絕唱也。至下闋藉宋書壽陽公主故事。引申前意。寄情遙遠。所謂怨深文綺。彌得風人溫厚之旨已。（鄭校白石道人歌曲）

〔附　錄〕

硯北雜志。小紅．范成大青衣也。有色藝。成大請老。姜夔詣之。一日。授簡徵新聲。夔製暗香疎影兩曲。成大使二妓習之。音節清婉。成大尋以小紅贈之。其夕大雪。過垂虹。賦詩曰。自喜新詞韻最嬌。小紅低唱我吹簫。曲終過盡松陵路。囘首煙波十四橋。

惜紅衣

吳興號水晶宮。荷花盛麗。陳簡齋云。今年何以報君恩。一路荷花相送到青墩。亦可見矣。丁未之夏。予遊千巖。數往來紅香中。自度此曲。以無射宮歌之。

簟枕邀涼。琴書換日。睡餘無力。細灑冰泉。幷刀破甘碧。牆頭喚酒。誰問訊城南詩客。岑寂。高柳晚蟬。說西風消息。　虹梁水陌。魚浪吹香。紅衣半狼藉。維舟試望故國。眇天北。可惜渚邊沙外。不共美人遊歷。問甚時同賦。三十六陂秋色。

角招

甲寅春。予與俞商卿燕遊西湖。觀梅于孤山之西村。玉雪照映。吹香薄人。已而商卿歸吳興。予獨來。則山橫春煙。新柳被水。游人容與飛花中。悵然有懷。作此寄之。商卿善歌聲。稍以儒雅緣飾。予每自度曲。吟洞簫。商卿輒歌而和之。極有山林縹緲之思。今予離憂。商卿一行作吏。殆無復此樂矣。

爲春瘦。何堪更繞湖盡是垂柳。自看煙外岫。記得與君湖上攜手。君歸未久。早亂落香紅千畝。一葉凌波縹緲。過三十六離宮。遣游人回首。　猶有畫船障袖。青樓倚扇。

相映人爭秀翠翹光欲溜愛著宮黃而今時候傷春似舊蕩一點春心如酒寫入吳絲自奏問誰識曲中心花前友

秋宵吟

古簾空墜月皎坐久西窗人悄蛩吟苦漸漏水丁丁箭壺催曉引涼颸動翠葆露脚斜飛雲表因嗟念似去國情懷暮帆煙草　帶眼銷磨爲近日愁多頓老衞娘何在宋玉歸來兩地暗縈繞搖落江楓早嫩約無憑幽夢又杳但盈盈淚灑單衣今夕何夕恨未了

淒涼犯

合肥巷陌皆種柳。秋風夕起騷騷然。予客居闔戶。時聞馬嘶。出城四顧。則荒煙野草。不勝淒黯。乃著此解。琴有淒涼調。假以爲名。凡曲言犯者。謂以宮犯商。商犯宮之類。如道調宮上字住。雙調亦上字住。所住字同。故道調曲中犯雙調。或于雙調曲中犯道調。其他準此。唐人樂書云。犯有正．旁．偏．側。宮犯宮爲正宮。犯商爲旁宮。犯角爲偏宮。犯羽爲側。此說非也。十二宮所住字各不同。不容相犯。十二宮特可犯商角羽耳。予歸行都。以此曲示國工田正德。使以啞觱栗角吹之。其韻極美。亦曰瑞鶴仙影。

綠楊巷陌秋風起邊城一片離索馬嘶漸遠人歸甚處戍樓吹角情懷正惡更衰草寒煙淡薄似當時將軍部曲迤邐度沙漠　追念西湖上小舫攜歌晚花行樂舊遊在否想如今翠凋紅落漫寫羊裙等新雁來時繫著怕匆匆不肯寄與誤後約

〔附　攷〕

鄭文焯曰。紹興庚辰。金人敗盟。犯廬州。王權敗歸。太師陳秉伯請下詔親征。以葉義問督江淮軍。虞允文參謀軍事。尋敗敵于采石。詞中所謂似當時將軍部曲。迤邐度沙漠。蓋隱寓其時戰事也。（鄭校白石道人歌曲）

翠樓吟

淳熙丙午冬。武昌安遠樓成。與劉去非諸友落之。度曲見志。予去武昌十年。

故人有泊舟鸚鵡洲者。聞小姬歌此詞。問之。頗能道其事。還吳。為予言之。興懷昔遊。且傷今之離索也。

月冷龍沙塵清虎落今年漢酺初賜新翻胡部曲聽氈幕元戎歌吹層樓高峙看檻曲縈紅簷牙飛翠人姝麗粉香吹下夜寒風細　此地宜有詞仙擁素雲黃鶴與君遊戲玉梯凝望久歎芳草萋萋千里天涯情味仗酒祓清愁花銷英氣西山外晚來還捲一簾秋霽

湘月

長溪楊聲伯。典長沙楫櫂。居瀕湘江。窗間所見。如燕公郭熙畫圖。臥起幽適。丙午七月既望。聲伯約予與趙景魯景望蕭和父裕父時父恭父大舟浮湘。放乎中流。山水空寒。煙月交映。淒然其為秋也。坐客皆小冠練服。或彈琴。或浩歌。或自酌。或援筆搜句。予度此曲。即念奴嬌之鬲指聲也。于雙調中吹之。鬲指亦謂之過腔。見晁无咎集。凡能吹竹者。便能過腔也。

五湖舊約問經年底事長負清景暝入西山漸喚我一葉夷猶乘興倦網都收歸禽時度月上汀洲冷中流容與畫橈不點清鏡　誰解喚起湘靈煙鬟霧鬢理哀弦鴻陣玉塵談玄歎坐客多少風流名勝暗柳蕭蕭飛星冉冉夜久知秋信鱸魚應好舊家樂事誰省

玲瓏四犯

越中歲暮。聞簫鼓。感懷。

疊鼓夜寒垂燈春淺怱怱時事如許倦遊歡意少俛仰悲今古江淹又吟恨賦記當時送君南浦萬里乾坤百年身世唯有此情苦　揚州柳垂官路有輕盈換馬端正窺戶酒醒明月下夢逐潮聲去文章信美知何用漫贏得天涯羈旅教說與春來要尋花伴侶

〔評〕

梁啓超曰。與清真之斜陽冉冉春無極。同一風格。（藝蘅館詞選）

小重山令

賦潭州紅梅

人繞湘皐月墜時。斜橫花樹小。浸愁漪。一春幽事有誰知。東風冷。香遠茜裙歸。　鷗去昔遊非。遙憐花可可。夢依依。九疑雲杳斷魂啼。相思血。都沁綠筠枝。

〔評〕

周爾墉曰。白石小令。獨不屑朦朧逐隊作花間語。所謂豪傑之士。（周評絕妙好詞）

點絳脣

丁未冬。過吳松作。

燕雁無心。太湖西畔隨雲去。數峯清苦。商略黃昏雨。　第四橋邊。擬共天隨住。今何許。凭欄懷古。殘柳參差舞。

右姜夔詞二十三首錄自彊邨叢書本白石道人歌曲

〔作者小傳〕

姜夔字堯章。九眞姜氏。其先徙於饒州。遂爲饒人。夔生於饒。長于沔。流寓于湖。湖有白石洞。在苕弁之間。夔之家依焉因號白石道人。夔少孤貧。喜讀書。苦吟。知音。通陰陽律呂古今南北樂部。凡管絃雜調。皆能以詞譜其音。體貌清瑩望之若神仙中人。善言論。工翰墨。尤精鑒法書古器。東南人士。無不傾慕於夔。夔之名殆滿於天下。家居不問生產。然圖書古董之藏。恆縱橫几榻。座上無虛客。雖內無儋石。亦每飯必食數人。夔居沔最久。居苕不數載。時時往來江湖間。性孤癖。嘗遇溪山清絕處。縱情深詣。人莫知其所入。或夜深星月滿垂。朗吟獨步。每寒濤朔吹。凜凜迫人。夷猶自若也。晚年倦於津梁。常僦居西湖。屢困不能給資。貸于故人或賣文以自食。然食客如故。亦仍不廢嘯傲。卒歿于湖上。葬之馬塍之西。夔有詩二卷。歌曲六卷。續書譜一卷。蘭亭考一卷。絳帖評二十卷。行于世。(節錄張羽白石道人傳)姜詞刻本之行世者。有汲古閣本。沈遜齋本。榆園叢刻本。彊邨叢書本。四部叢刊本。掃葉山房石印本沈本較爲難得。

〔集　評〕

黃昇曰。白石詞極精妙。不減淸眞。其高處有美成所不能及。（中興以來絕妙詞選）

張炎曰。白石詞如野雲孤飛。去留無迹。又云。格調不侔。句法挺異。特立淸新之意。删削靡曼之詞。（詞源）

陳郁曰。白石道人意到語工。不期高遠而自高遠。（藏一話腴）

沈義父曰。姜白石淸勁知音。亦未免有生硬處。（樂府指迷）

朱彝尊曰。詞莫善於姜夔。宗之者張輯．盧祖臯．史達祖．吳文英．蔣捷．王沂孫．張炎．周密．陳允平．張翥．楊基．皆具夔之一體。基之後．得其門者寡矣。（詞綜序）

宋翔鳳曰。詞家之有姜石帚。猶詩家之有杜少陵。繼往開來。文中關鍵。其流落江湖。不忘君國。皆借託比興。於長短句寄之。如齊天樂。傷二帝北狩也。揚州慢。惜無意恢復也。暗香。疏影。恨偏安也。蓋意愈切則辭愈微。屈宋之心。誰能見之。乃長短句中。復有白石道人也。（樂府餘論）

劉熙載曰。白石詞幽韻冷香。令人挹之無盡。擬諸形容。在樂則琴。在花則梅也。又云。白石。才子之詞。（藝概）

許蒿廬曰。詞中之有白石。猶文中之有昌黎也。世固有以昌黎爲穿鑿生割者。則以白石爲生硬也亦宜。

周濟曰。北宋詞多就景敍情。故珠圓玉潤。四照玲瓏。至稼軒。白石。一變而爲卽事敍景。使深者反淺。曲者反直。吾十年來服膺白石。而以稼軒爲外道。由今思之。可謂瞽人捫籥也。稼軒鬱勃。故情深。白石放曠。故情淺。稼軒縱橫。故才大。白石局促。故才小。惟暗香。疏影二詞。寄意題外。包蘊無窮。可與稼軒伯仲。餘俱據事直書。不過手意近辣耳。白石詞如明七子詩。看是高格響調。不耐。人細思。又曰。白石以詩法入詞。門徑淺狹。如孫過庭書。但使後人模倣。又曰。白石好爲小序。序卽是詞。詞仍是序。反覆再觀。如同嚼蠟矣。詞序序作詞緣起。以此意詞中未備也。今人論院本。尙知曲白相生。不許複沓。而津津於白石詞序。一何可笑。（介存齋論詞雜著）

史達祖

綺羅香

詠春雨

做冷欺花△將烟困柳△千里偸催春暮◎盡日冥迷△愁裏欲飛還住◎驚粉重・蝶宿西園△喜泥潤・燕歸南浦◎最妨它・佳約風流△鈿車不到杜陵路◎　沈沈（陸勅先校無沈沈二字）江上望極△還被春潮晚急△難尋官渡◎隱約遙峯△和淚謝娘眉嫵◎臨斷岸・新綠生時△是落紅・帶愁流處◎記當日・門掩梨花△翦燈深夜語◎

〔評〕周爾墉曰。法度井井。其聲最和。（周評絕妙好詞）

雙雙燕

詠燕

過春社了。度簾幙中間。去年塵冷。差池欲住。試入舊巢相並。還相雕梁藻井。又軟語商量不定。飄然快拂花梢。翠尾分開紅影。（朱彊邨校作翩）芳徑。芹泥雨潤。愛貼地爭飛。競誇輕俊。紅樓歸晚。看足柳昏花暝。應自棲香正穩。便忘了天涯芳信。愁損翠黛雙蛾。（朱校作是）日日畫欄獨凭。（陸校作愁損玉人）

〔評〕黃昇曰。形容盡矣。又曰。姜堯章最賞其柳昏花暝之句。（中興以來絕妙好詞）

周爾墉曰。史生穎妙非常。此詞可謂能盡物性。（周評絕妙好詞）

譚獻曰。起處藏過一番感歎。爲還字又字張本。還相二句。挑按見指法。再搏弄便薄。紅樓句換筆。應自句換意。愁損二句收足。然無餘味。（譚評詞辨）

陽春曲

杏花煙△梨花月◎誰與暈開春色◎坊巷曉△愔愔東風斷·舊火銷處近寒食◎少年蹤跡◎愁暗隔·水南山北◎還是寶絡雕鞍△被鶯聲·喚來香陌◎　記飛蓋西園△寒猶凝結◎（陸校無結字）驚醉耳·誰家夜笛◎燈前重簾不挂△殢華裾·粉淚曾拭◎如○今○故○里○信息◎賴○海○燕·年○時○相○識◎奈○芳○草·正○鎖○江○南△夢○春○衫○怨○碧◎

喜遷鶯

月波疑滴◎望玉壺天近△了無塵隔◎翠眼圈△花冰絲織練△黃○道○寶○光○相○直◎自○憐○詩○酒○瘦△難○應○接·許○多○春○色◎最○無○賴△是隨香趁燭△曾伴狂客◎　蹤跡◎謾○記○憶◎老○了○杜○郎△忍○聽○東○風○笛◎柳院燈疏△梅廳雪在△誰與細傾春碧◎舊○情○拘○未○定△猶○自○學·當○年○游○歷◎怕○萬○一△誤○玉○人·夜○寒○簾○隙◎

〔評〕王闓運曰。富貴語無脂粉氣。諸家皆賞下二語。不知現寒乞相。正是此等處。

（湘綺樓詞選）

三姝媚

煙光搖縹瓦。望晴簷多風，柳花如灑。錦瑟橫牀，想淚痕塵影，鳳絃常下。倦出犀帷，頻夢見、王孫驕馬。諱道相思，偷理綃裙，自驚腰衩。　惆悵南樓遙夜。記翠箔張燈，枕肩歌罷。又入銅駝，遍舊家門巷，首詢聲價。可惜東風，將恨與、閒花俱謝。記取崔徽模樣，歸來暗寫。

臨江仙

閨思

愁與西風應有約，年年同赴清秋。舊遊簾幙記揚州。一燈人著夢，雙雁月當樓。　羅帶鴛鴦塵暗澹，更須整頓風流。天涯萬一見溫柔。瘦應因此瘦，羞亦爲郎羞。

臨江仙

倦客如今老矣舊時不奈春何幾曾湖上不經過看花南陌醉駐馬翠樓歌　遠眼
愁隨芳草湘裙憶著春羅枉教裝得舊時多向來簫鼓地猶見柳婆娑

〔評〕

況周頤曰看花二語人人能道上七字妙絕似乎不甚經意所謂得來容易
卻艱辛也（香海棠館詞話）

湘江靜

暮草堆青雲浸浦記悤悤倦篙曾駐漁榔四起沙鷗未落怕愁沾詩句碧袖一聲歌
石城怨西風隨去滄波蕩晚菰蒲弄秋還重到斷魂處　酒易醒思正苦想空山桂
香懸樹三年夢冷孤吟意短屢煙鐘津鼓屐齒厭登臨移橙（朱校作燈）後幾番
涼雨潘郎漸老風流頓減閒居未賦

八歸

秋江帶雨寒沙縈水人瞰畫閣愁獨煙蓑散響驚詩思還被亂鷗飛去秀句難續冷眼盡歸圖畫上認隔岸微茫雲屋想半屬漁市樵村欲暮競燃竹 須信風流未老憑持酒（別本作憑持尊酒）慰此淒涼心目一鞭南陌幾篙官渡賴有歌眉舒綠只悤悤眺遠早覺閒愁挂喬木應難奈故人天際望徹淮山相思無雁足

〔評〕

況周頤曰。此闋與玉蝴蝶。皆較疏俊者。（香海棠館詞話）

玉蝴蝶

晚雨未摧宮樹可憐閒葉猶抱涼蟬短景歸秋吟思又接愁邊漏初長夢魂難禁人漸老風月俱寒想幽歡土花庭甃蟲網闌干 無端啼蛄攪夜恨隨團扇苦近秋蓮一笛當樓謝娘懸淚立風前故園晚強留詩酒新雁遠不致寒暄隔蒼煙楚香羅袖誰伴嬋娟

秋霽

江水蒼蒼望倦柳愁荷共感秋色廢（陸校作虛）閣先涼古簾空暮雁程最嫌風力故園信息愛渠入眼南山碧念上國誰是膾鱸江漢未歸客　還又歲晚瘦骨臨風夜聞秋聲吹動岑寂露蛩悲清燈冷屋翻書愁上鬢毛白年少俊遊渾斷得但可憐處無奈苒苒魂驚採香南浦翦梅煙驛

解佩令

人行花塢衣沾香霧有新詞逢春分付屢欲傳情奈燕子不曾飛去倚珠簾詠郎秀句　相思一度穠愁一度最難忘遮燈私語澹月梨花借夢來花邊廊廡指春衫淚曾濺處

〔評〕況周頤曰。以標韻勝。

東風第一枝

詠春雪

巧沁蘭心偷黏草甲東風欲障新暖謾凝（朱校作疑）碧瓦難留信知暮寒輕（陸校作較）淺行天入鏡做弄出輕鬆纖軟料故園不捲重簾誤了乍來雙燕 青未了柳回白眼紅欲斷杏開素面舊遊憶著山陰厚（朱校作後）盟遂妨上苑寒（朱校作熏）爐重暖（朱校作熨）便放慢春衫針線恐（朱校作怕）鳳鞾（朱校作鞵）挑菜歸來萬一灞橋相見

右史達祖詞十三首錄自四印齋本梅溪詞參陸勅先朱彊邨手校本

〔作者小傳〕

史達祖字邦卿。汴人。其爲人郁然而秀整。嘗以所作詞就正於張鎡。鎡爲之序。略云有是哉。能事之無遺恨也。蓋生之作。辭情俱到織綃泉底。去塵眼中。妥帖輕圓。特其餘事。至於奪苕豔于春景。起悲音於商素。有瓌奇警邁清新閒婉之長。而無訑蕩汙淫之失。端可以分鑣清眞。平睨方回。而紛紛三變行輩。幾不足比數。雖微嫌溢美。要亦南宋一名家也。所著梅谿詞一卷。有毛氏汲古閣本王氏四印齋本又有朱彊邨重校王本最精善。未刊。

〔集評〕

姜夔曰。邦卿之詞。奇秀清逸。有李長吉之韻。蓋能融情景於一家。會句意於兩得者。其做冷欺花將烟困柳一闋。將春雨神色拈出。飄然快拂花梢翠尾分開紅影。又將春燕形神畫出矣。（詞品引）

王士禎曰。南渡後。梅谿白石竹屋夢窗諸子。極妍盡態。又有秦李未到者。雖神韻天然處或減。要自令人有觀止之歎。正如唐絕句至晚唐劉賓客杜京兆妙處反進。靑蓮龍標一塵。（花草蒙拾）

彭孫遹曰。南宋詞人。如白石梅谿竹屋夢窗竹山諸家之中。當以史邦卿爲第一。昔人稱其分鑣清眞。平睨方回。紛紛三變行輩。不足比數。虛言也。（金粟詞話）

陳唐卿曰。梅谿竹屋詞。要是不經人道語。其妙處雖美成少游不及也。（詞

林攽鑒引）

劉熙載曰。史邦卿詞。句最警鍊。微嫌意貪。（藝概）

劉克莊

水調歌頭

解印有期戲作

老子頗更事△打透利名關◎百年擾擾于役△何異入槐安◎夢裏偶然得意△醒後纔堪發笑△蟻穴駕車還◎恰佩南柯印△彷彿轂曾丹◎客未散△日初昳△酒猶殘◎向來幻境安在△回首總成閒◎莫問浮雲起滅△且跨剛風遊戲△露冷玉簫寒◎寄語抱朴子△候我石樓山◎

沁園春

夢孚若

何處相逢△登寶釵樓△訪銅雀臺◎喚廚人斫就△東溟鯨膾△圉人呈罷△西極龍媒◎天下英

雄使君與操餘子誰堪共酒杯車千兩載燕南趙北劍客奇才 飲酣畫鼓如雷誰信被晨雞輕喚回歎年光過盡功名未立書生老去機會方來使李將軍遇高皇帝萬戶侯何足道哉披衣起但淒涼感舊慷慨生哀

沁園春

送孫季蕃弔方漕西歸

歲暮天寒一劍飄然幅巾布裘儘緣雲鳥道躋攀絕頂拍天鯨浸笑傲中流疇昔奇君紫髯鐵面生子當如孫仲謀爭知道向中年猶未建節封侯 南來萬里何求因感慨橋公成遠遊歎名姬駿馬都成昨夢隻雞斗酒誰弔新丘天地無情功名有命千古英雄只麼休平生客獨羊曇一個灑泪西州

賀新郎

送陳眞州子華

北望神州路試平章這場公事怎生分付記得太行山百萬曾入宗爺駕馭今把作

握蛇騎虎君去京東豪傑喜想投戈下拜眞吾父談笑裏定齊魯　兩河蕭瑟惟狐兎問當年祖生去後有人來否多少新亭揮泪客誰夢中原塊土算事業須由人做應笑書生心膽怯向車中閉置如新婦空目送塞鴻去

賀新郎

端午

深院榴花吐畫簾開綀衣紈扇午風清暑兒女紛紛誇結束新樣釵符艾虎早已有遊人觀渡老大逢場慵作戲任陌頭年少爭旗鼓溪雨急浪花舞　靈均標致高如許憶生平既紉蘭佩更懷椒糈誰信騷魂千載後波底垂涎角黍又說是蛟饞龍怒把似而今醒到了料當年醉死差無苦聊一笑弔千古

賀新郎

九日

湛湛長空黑更那堪斜風細雨亂愁如織老眼平生空四海賴有高樓百尺看浩蕩

千崖秋色白髮書生神州泪儘淒涼不向牛山滴追往事去無迹　少年自負凌雲筆到而今春華落盡滿懷蕭瑟常恨世人新意少愛說南朝狂客把破帽年年拈出若對黃花孤負酒怕黃花也笑人岑寂鴻北去日西匿

玉樓春

戲林推

年年躍馬長安市客舍似家家似寄青錢換酒日無何紅燭呼盧宵不寐　易挑錦婦機中字難得玉人心下事男兒西北有神州莫滴水西橋畔泪

右劉克莊詞七首錄自彊邨叢書本後村長短句

〔作者小傳〕

劉克莊字潛夫。號後村。莆田人。以蔭仕。淳祐中。賜同進士出身。官至龍圖閣直學士。卒謚文定。（詞林紀事）詞集有後村別調宋六十家詞本。又稱後村長短句。彊邨叢書本。

〔集評〕

劉熙載曰。劉後村詞。旨正而語有致。其賀新郎席上聞歌有感云。粗識國風關雎亂。羞學流鶯百囀。總不涉閨情春怨。又云。我有生平離鸞操。頗哀而不慍微而婉。意殆自寓其詞品耶。（藝概）

馮煦曰。後邨詞與放翁稼軒。猶鼎三足。其生丁南渡。拳拳君國。似放翁。志在有爲。不欲以詞人自域。似稼軒。如玉樓春云。男兒西北有神州。莫滴水西橋畔淚。憶秦娥云。宣和宮殿。冷煙衰草。傷時念亂。可以怨矣。又其宅心忠厚。亦往往於詞得之。滿江紅送宋惠父入江西幕云。帳下健兒休盡銳。草間赤子俱求活。賀新郎壽張史君云。不要漢庭誇擊斷。要史家編入循良傳。念奴嬌壽方德潤云。須信諂語尤甘。忠言最苦。橄欖何如蜜。胸次如此。豈翦紅刻翠者此耶。升庵稱其壯語。子晉稱其雄力。殆猶之皮相也。（宋六十一家詞選例言）

吳文英

渡江雲三犯

西湖清明

羞紅顰淺恨。晚風未落。片繡點重茵。舊隄分燕尾。桂棹輕鷗。寶勒倚殘雲。千絲怨碧。漸路入仙隝迷津。腸漫回。隔花時見。背面楚腰身。逡巡。題門惆悵。墮履牽縈。數幽期難準。還始覺留情緣眼。寬帶因春。明朝事與孤煙冷。做滿湖風雨愁人。山黛暝。塵波澹綠無痕。

〔評〕陳洵曰。此詞與鶯啼序第二段參看。漸路入仙塢迷津。卽遡紅漸招入仙溪。題門墮履。與錦兒偸寄幽素。是一時事。蓋相遇之始矣。明朝以下。天地變色。於詞爲奇幻。於事爲不祥。宜其不終也。（海綃說詞）

霜葉飛

重九

斷煙離緒。關心事，斜陽紅隱霜樹。半壺秋水薦黃花，香噀西風雨。縱玉勒，輕飛迅羽。淒涼誰弔荒臺古。記醉蹋南屏，綵扇咽寒蟬，倦夢不知蠻素。　聊對舊節傳杯，塵牋蠹管，斷闋經歲慵賦。小蟾斜影轉東籬，夜冷殘蛩語。早白髮，緣愁萬縷。驚飆從捲烏紗去。漫細將，茱萸看，但約明年，翠微高處。

〔評〕

陳洵曰。起七字已將縱玉勒以下攝起在句前。斜陽六字。依稀風景。半壺至風雨十四字。情隨事遷。以下五句。上二句突出悲涼。下三句平放和婉。彩扇屬蠻素。倦夢屬寒蟬。徒聞寒蟬不見蠻素。但髣髴其歌扇耳。今則更成倦夢。故曰不知。兩句神理。結成一片。所謂關心事者如此。換頭於無聊中尋出消遣。斷闋慵賦。則仍是消遣不得。殘蛩對上寒蟬。又換一境。蓋蠻素既去。則事事都嫌矣。收句與聊對舊節一樣意思。見在如此。未來可知。極感愴。卻極閒

冷想見覺翁胸次。（海綃說詞）

瑞鶴仙

涙荷拋碎璧正漏雲篩雨斜捎窗隙林聲怨秋色對小山不迭寸眉愁碧涼欺岸幘暮砧催銀屏翦尺最無聊燕去堂空舊幕暗塵羅額　行客西園有分斷柳淒花似曾相識西風破屐林下路水邊石念寒蛩殘夢歸鴻心事那聽江村夜笛看雪飛蘋底蘆梢未如鬢白

〔評〕

陳洵曰。此詞最驚心動魄。是暮砧催銀屏翦尺一句。蓋因聞砧而思裁翦之人也。堂空塵暗。則人去已久。是其最無聊處。風雨不過佐人愁耳。上文寫風雨。層聯而下。字字淒咽。誰知卻只爲此行客點出。客卽燕。三姝媚之孤鴻言客。此之燕去亦言客。皆言在此而意在彼也。似曾相識。言其不歸來。語含吞吐。此曲斷腸惟此聲矣。林下二句。西園陳迹。今則惟有寒蛩殘夢歸鴻心事耳。一念字有無可告訴意。夜笛比暮砧又換一境。暮砧提起。夜笛益悲。人生如此。安得不老。結句情景雙融。神完氣足。（海綃說詞）

瑞鶴仙

晴絲牽緒亂。對滄江斜日。花飛人遠。垂楊暗吳苑。正旗亭煙冷。河橋風煖。蘭情蕙盼。惹相思春根酒畔。又爭知吟骨縈銷。漸把舊衫重翦。　淒斷。流紅千浪。缺月孤樓。總難留燕。歌塵凝扇。待憑信。拌分鈿。試挑燈欲寫。還依不忍。牋幅偸和淚捲。寄殘雲賸雨蓬萊。也應夢見。

〔評〕

朱孝臧曰。待憑信以下四句。力破餘地。（彊邨先生手批夢窗詞）

陳洵曰。吳苑是其人所在。此時覺翁不在吳也。故曰花飛人遠。鶯啼序曰。晴煙冉冉吳宮樹。玉胡蝶曰。羨故人還買吳航。尾犯贈浪翁重客吳門曰。長亭曾送客。新雁過妝樓曰。江寒夜楓怨落。又是吳中事。是其人既去由越入吳也。旗亭二句。當年邂逅。正是此時。闌情二句。對面反擊。跌落下二句。思力沈透極矣。舊衫是其人所裁。流紅千浪。複上闋之花飛。缺月孤樓。總難留燕。複上闋之人遠。爲凄斷二字鉤勒。歌塵凝扇。對上闌情蕙盼。人一處。物一處。待憑信。拚分鈿。縱開還依不忍。仍轉故步。箋幅偸和淚捲。複挑鐙欲寫。疑往而復。欲斷還連。是深得清眞之妙者。應夢見。尙不曾夢見也。含思凄婉。低徊無盡。（海綃說詞）

解連環

暮簷涼薄。疑清風動竹，故人來邈。漸夜久、閒引流螢，弄微照素懷，暗呈纖白。夢遠雙成，鳳笙杳、玉繩西落。掩練帷倦入，又惹舊愁，汗香闌角。

銀餅恨沈斷索。歎梧桐未秋，露井先覺。抱素影、明月空閒，早塵損丹青，楚山依約。翠冷紅衰，怕驚起、西池魚躍。記湘娥、絳綃暗解，褪花墜萼。

〔許〕

陳洵曰。起三句與新雁過妝樓風檐近渾疑玉佩丁東同意。蓋亦思去妾而作也。暮涼起賦。故人點出。來邈一斷。卻以夜久承暮涼。纖白一斷。卻以夢遠承來邈。掩帷倦入。跌進一步。復以闌承檐。筆筆斷。筆筆續。須看其往復脫換處。換頭六字。一篇命意所注。未秋先覺。加一倍寫。鉤勒渾厚。抱素影三句。謂舊意猶在。未忍棄捐。翠冷二句。謂其人已去。絳綃暗解。追憶相逢。褪花墜萼。則而今憔悴。人事風景。一氣鎔鑄。覺翁長技。 明月謂扇。楚山扇中之畫。卻暗藏高唐神女事。疑其人此時已由吳入楚也。（海綃說詞）

解連環

留別姜石帚

思和雲結斷江樓望睫雁飛無極正岸柳衰不堪攀忍持贈故人送秋行色歲晚來時暗香亂石橋南北又長亭暮雪點點淚痕總成相憶　杯前寸陰似擲幾酬花唱月連夜浮白省聽風聽雨笙簫向別枕倦醒絮颭空碧片葉愁紅趁一舸西風潮汐

歎滄波路長夢短甚時到得

〔評〕陳洵曰。雲起夢結。游思縹緲。空際傳神。中間來時逆挽。相憶倒提。全章機杼。定此數處。其餘設情布景。皆隨手點綴。不甚著力。（海綃說詞）

宴清都

連理海棠

繡幄鴛鴦柱紅情密膩雲低護秦樹芳根兼倚花梢鈿合錦屏人妒東風睡足交枝正夢枕瑤釵燕股障灩蠟滿照歡叢嫠蟾冷落羞度　人間萬感幽單華清慣浴春盎風露連鬟並煖同心共結向承恩處憑誰爲歌長恨暗殿鎖秋鐙夜語敍舊期不負春盟紅朝翠暮

〔評〕朱孝臧曰。濡染大筆何淋漓。（彊邨先生手批夢窗詞）

陳洵曰。只運化一篇長恨歌。乃放出如許異采。見事多。識理透故也。得力尤在換頭一句。人間萬感天上糉蟾。橫風忽斷。夾敍夾議。將全篇精神振起。華清以下五句。對上幽單。有好色不與民同意。天寶之不爲靖康者幸耳。故曰憑誰爲歌長恨。（海綃說詞）

齊天樂

齊雲樓

淩朝一片陽臺影，飛來太空不去。棟與參橫，簾鉤斗曲，西北城高幾許。天聲似語。便閶闔輕排，虹河平遡。問幾陰晴，霸吳平地漫今古。　西山橫黛瞰碧，眼明應不到，煙際沈鷺。臥笛長吟，層霾乍裂，寒月溟濛千里。憑虛醉舞。夢凝白闌干，化爲飛霧。淨洗青紅，驟飛滄海雨。

齊天樂

新煙初試花如夢，疑收楚峯殘雨。茂苑人歸，秦樓燕宿，同惜天涯爲旅。遊情最苦。早柔綠迷津亂莎荒圃數樹梨花晚風吹墮半汀鷺　流紅江上去遠翠尊曾共醉雲外別墅澹月鞦韆幽香巷陌愁結傷春深處聽歌看舞駐不得當時柳蠻櫻素睡起懨懨洞簫誰院宇

齊天樂

煙波桃葉西陵路十年斷魂潮尾古柳重攀輕鷗聚別陳迹危亭獨倚涼颸乍起渺煙磧飛帆暮山橫翠但有江花共臨秋鏡照憔悴　華堂燭暗送客眼波回盼處芳豔流水素骨凝冰柔葱蘸雪猶憶分瓜深意清尊未洗夢不溼行雲漫沾殘淚可惜秋宵亂蛩疏雨裏

〔評〕陳洵曰。此與鶯啼序蓋同一年作。彼云十載。此云十年也。西陵邂逅之地提起。斷魂潮尾。跌落中間送客一事。留作換頭點睛。三句相爲起伏。最是局勢精奇處。譚復堂乃謂爲平起。不知此中曲折也。古柳重攀・今日輕漚聚別・當時。平入逆出。陳迹危亭獨倚．歇步。涼颸乍起．轉身。渺煙磧飛帆。暮山橫翠。空際出力。但有江花。共臨秋鏡照憔悴。收合倚亭。送客者送妾也。柳渾侍兒名琴客。故以客稱妾。新雁過妝樓之宜城當時放客。風入松之舊曾送客。尾犯之長亭曾送客。皆此客字。眼波回盼。是將去時之客。素骨凝冰。柔葱蘸雪。是未去時之客。猶憶分瓜深意。別後始覺不祥。極幽抑怨斷之致。豈其人於此時已有去志乎。清尊未洗。此愁酒不能消。涼颸句是領下。此句是煞上。行雲句著一溼字。藏行雨在內。言朝來相思。至暮無夢也。夢窗運典隱僻。如詩家之玉谿。亂蛩疏雨。所謂漫霑殘淚（海綃說詞）

西河

陪鶴林登袁園

春乍靄。清漣畫舫融洩。螺雲萬疊暗凝愁。黛蛾照水。漫將西子比西湖。溪邊人更多麗。步危徑。攀豔蕊。掬霞到手紅碎。青蚍細折小迴廊。去天半咫。畫闌日暮起東風。

棋聲吹下人世　海棠藉雨半繡地正殘寒初御羅綺除酒銷春何計向沙頭更續殘陽一醉雙玉杯和流花洗

花犯

郭希道送水仙索賦

小娉婷清鉛素靨蜂黃暗偷暈翠翹攲鬢昨夜冷中庭月下相認睡濃更苦淒風緊驚回心未穩送曉色一壺蔥蒨纔知花夢準　湘娥化作此幽芳淩波路古岸雲沙遺恨臨砌影寒香亂凍梅藏韻熏爐畔旋移傍枕還又見玉人垂紺鬢料喚賞清華池館臺杯須滿引

〔評〕

陳洵曰。自起句至相認。全是夢境。昨夜逆入。驚回反跌。極力爲送曉色一句追逼。復以花夢準三字鉤轉。作結。後片是夢非夢。純是寫神。還又見、應上相認。料喚賞。應上送曉色。眉目清醒。度人金針。　全從趙師雄夢梅花化出須

看其離合順逆處。（海綃說詞）

浣溪沙

門隔花深夢舊遊　夕陽無語燕歸愁　玉纖香動小簾鉤　落絮無聲春墮淚　行雲有影月含羞　東風臨夜冷於秋

〔評〕

陳洵曰。夢字點出所見。惟夕陽歸燕。玉纖香動。則可聞而不可見矣。是眞是幻。傳神阿堵。門隔花深故也。春墮淚爲懷人。月含羞因隔面。義兼比興。東風臨夜。囘睇夕陽。俯仰之間。已爲陳迹。卽一夢亦有變遷矣。秋字不是虛擬。有事實在。卽起句之舊遊也。秋去春來。又換一番世界。一冷字可思。　此篇全從張子澄別夢依依到謝家一詩化出。須看其游思縹緲。纏綿往復處。（海綃說詞）

浣溪沙

波面銅花冷不收。玉人垂釣理纖鉤。月明池閣夜來秋。　江燕話歸成曉別。水花紅減似春休。西風梧井葉先愁。

〔評〕

陳洵曰。玉人垂釣理纖鉤。是下句倒影。非謂眞有一玉人垂釣也。纖鉤是月。玉人言風景之佳耳。月明池閣。下句醒出。甲稿解蹀躞。可憐殘照西風。半妝樓。上半妝亦謂殘照西風。西子西湖。比興常例。淺人不察。則謂覺翁晦耳。

（海綃說詞）

玉樓春

京市舞女

茸茸貍帽遮梅額。金蟬羅翦胡衫窄。乘肩爭看小腰身。倦態強隨閒鼓笛。　問稱家住城東陌。欲買千金應不惜。歸來困頓殢春眠。猶夢婆娑斜趁拍。

點絳脣

時霎清明。載花不過西園路。嫩陰綠樹。正是春留處。　燕子重來。往事東流去。征衫貯。舊寒一縷。淚溼風簾絮。

〔評〕

陳洵曰。此亦思去姬而作。西園故居．清明．邂逅之始。春留．正見人去。卻只言往事。只言舊寒。既云不過。則綠陰燕子。皆是想像之詞。當前惟有征衫之淚耳。（海綃說詞）

點絳脣

試鐙夜初晴

捲盡愁雲。素娥臨夜新梳洗。暗塵不起。酥潤淩波地。　輦路重來。彷彿鐙前事。情如水。小樓熏被。春夢笙歌裏。

〔評〕

譚獻曰。起稍平。換頭見拗怒。情如水三句。足當咳唾珠玉四字。（譚評詞辨）

夜遊宮

竹窗聽雨。坐久。隱几就睡。既覺。見水仙娟娟於鐙影中。

窗外捎溪雨響。映窗裏、嚼花鐙冷。渾似瀟湘繫孤艇。見幽仙、步凌波、月邊影。　香苦欺寒勁。牽夢繞、滄濤千頃。夢覺新愁舊風景。紺雲欹、玉搔斜、酒初醒。

〔評〕陳洵曰。通章只做夢覺新愁舊風景一句。見幽仙、步凌波、月邊影。是覺。紺雲欹。玉搔斜。酒初醒。又復入夢矣。（海綃說詞）

祝英臺近

春日客龜溪。遊廢園。

采幽香、巡古苑、竹冷翠微路。鬬草溪根、沙印小蓮步。自憐兩鬢清霜、一年寒食、又身在、雲山深處。　晝閒度。因甚天也慳春、輕陰便成雨。綠暗長亭、歸夢趁風絮。有情花影闌干、鶯聲門徑、解留我、霎時凝竚。

祝英臺近

除夜立春

翦紅情裁綠意花信上釵股殘日東風不放歲華去有人添燭西窗不眠侵曉笑聲轉新年鶯語　舊尊俎玉纖曾擘黃柑柔香繫幽素歸夢湖邊還迷鏡中路可憐千點吳霜寒銷不盡又相對落梅如雨

〔評〕

陳洵曰前闋極寫人家守歲之樂。全爲換頭三句追攝遠神。與新腔一唱雙金斗一首同一機杼。彼之何時。此之舊字。皆一篇精神所注。（海綃說詞）

霜花腴

重陽前一日汎石湖。

翠微路窄醉晚風憑誰爲整欹冠霜飽花腴燭消人瘦秋光作也都難病懷強寬恨雁聲偏落歌前記年時舊宿淒涼暮煙秋雨野橋寒　妝靨鬢英爭豔度清商一曲

暗墜金蟬。芳節多陰，蘭情稀會，晴暉稱拂吟牋。更移畫船，引佩環、邀下嬋娟。算明朝、
未了重陽，紫萸應耐看。

〔評〕

陳洵曰。此汎石湖作。非身在翠微也。次句乃翻杜子美宴藍田莊詩意。言若翠微路窄。則誰爲整冠乎。翻騰而起。擲筆空際。使人驚絕。三四五座中景。如此一落。非具絕大神力不能起句如神龍夭矯。奇采盤空。至此則雲收霧斂。曠然開朗矣。病懷強寬、領起。恨鴈聲偏落歌前、轉身。纔寬又恨。纔恨便記。以提爲煞。漢魏六朝文。往往遇之。今復得之吳詞。換頭三句。遙接歌前。與年時相顧。正見哀樂無端。芳節二句。用反筆作脫。則晴暉句加倍有力。多陰、映暮煙疏雨。稀會、映舊宿淒涼。夾敍夾議。潛氣內轉。移船就月。再跌進一步。筆力酣暢極矣。收合有不盡之意。上文奇峯疊起。去路卻極坦夷。豈非神境。霜花腴名集。想見覺翁得意。於空際作奇重之筆。此詣讓覺翁獨步。（海綃說詞）

澡蘭香

淮安重午

盤絲繫腕巧篆垂簪玉隱紺紗睡覺銀缾露井綵箑雲窗往事少年依約為當時曾寫榴裙傷心紅綃褪萼黍夢光陰漸老汀洲煙蒻　莫唱江南古調怨抑難招楚江沈魄薰風燕乳暗雨梅黃午鏡澡蘭簾幕念秦樓也擬人歸應翦菖蒲自酌但悵望一縷新蟾隨人天角

〔評〕

陳洵曰。此懷歸之賦也。起五句全敍往事。至第六句點出。寫裙是睡中事。榴字融人事入風景。褪萼見人事都非。卻以風景不殊作結。後片純是空中設景。主意在秦樓也擬人歸一句。歸字緊與招字相應。言家人望己歸。如宋玉之招屈原也。既欲歸不得。故曰難招。曰莫唱。曰但悵望。則也擬亦徒然耳。擊首則尾應。擊尾則首應。擊中間則首尾皆應。陣勢奇變極矣。金針度人。全在

數虛字屈原事不過借古以陳今。薰風三句。是家中節物。秦樓倒影。秦樓用弄玉事。謂家所在。（海綃說詞）

江神子

李別駕招飲海棠花下

翠紗籠袖映紅霏冷香飛洗凝脂睡足嬌多還是夜深宜翻怕迴廊花有影移燭暗放簾垂　尊前不按駐雲詞料花枝妒蛾眉丁屬東風莫送片紅飛春重錦堂人盡醉和曉月帶花歸

風入松

聽風聽雨過清明愁草瘞花銘樓前綠暗分攜路一絲柳一寸柔情料峭春寒中酒交加曉夢啼鶯　西園日日掃林亭依舊賞新晴黃蜂頻撲鞦韆索有當時纖手香凝惆悵雙鴛不到幽階一夜苔生

〔許〕

陳洵曰。思去妾也。此意集中屢見。渡江雲題曰西湖清明。是邂逅之始。此則別後第一個清明也。樓前綠暗分攜路。此時覺翁當仍寓西湖。風雨新晴。非一日間事。除了風雨。卽是新晴。蓋云我只如此度日。掃林亭猶望其還。賞則無聊消遣。見秋千而思纖手。因蜂撲而念香凝。純是癡望神理。雙鴛不到。猶望其到。一夜苔生。蹤迹全無。則惟日日惆悵而已。當味其詞意醞釀處。不徒聲容之美。（海綃說詞）

鶯啼序

殘寒正欺病酒△掩沈香繡戶◎燕來晚·飛入西城△似說春事遲暮◎畫船載·清明過卻△晴煙冉冉吳宮樹◎念羈情·遊蕩隨風△化爲輕絮◎　十載西湖△傍柳繫馬△趁嬌塵輭霧◎遡紅漸·招入仙溪△錦兒偸寄幽素◎倚銀屏·春寬夢窄△斷紅溼·歌紈金縷◎暝隄空△輕把斜陽△總還鷗鷺◎　幽蘭旋老△杜若還生△水鄉尙寄旅◎別後訪·六橋無信△事往花委△瘞玉埋香△幾番風雨◎長波妒盼△遙山羞黛△漁鐙分影春江宿△記當時·短楫桃根渡◎青樓彷

彿臨分敗壁題詩淚墨慘澹塵土　危亭望極草色天涯歎鬢侵半苧暗點檢離痕歡唾尚染鮫綃䡔鳳迷歸破鸞慵舞殷勤待寫書中長恨藍霞遼海沈過雁漫相思彈入哀箏柱傷心千里江南怨曲重招斷魂在否

〔評〕

陳洵曰。第一段傷春起。卻藏過傷別。留作第三段點睛。燕子畫船。含無限情事。清明吳宮。是其最難忘處。第二段十載西湖提起。而以第三段水鄉尚寄旅作鉤勒。記當時短楫桃根渡。記字逆出。將第二段情事。盡銷納此一句中。臨分淚墨。十載西湖。乃如此了矣。臨分於別後爲倒應。別後於臨分爲逆提。漁鐙分影。於水鄉爲複筆。作兩番鉤勒。筆力最渾厚。危亭望極。草色天涯。遙接長波妒盼。遙山羞黛。望字遠情。歎字近況。全篇神理。只消此二字。歡唾是第二段之歡會。離痕是第三段之臨分。傷心千里江南。怨曲重招。斷魂在否。應起段遊蕩隨風。化爲輕絮作結。通體離合變幻。一片淒迷。細繹之。正字字

有脈絡。然得其門者寡矣。(海綃說詞)

玉胡蝶

角斷籤鳴疏點△倦螢透隙△低弄書光◎一寸悲秋△生動萬種淒涼◎舊衫染·唾凝花碧△別淚·想妝洗蜂黃◎楚魂傷◎雁汀沙冷△來信微茫◎　都○忘◎孤○山○舊賞△水沈熨露△岸錦宜霜◎敗葉題詩△御溝應不到流湘◎數客路·又隨淮月△羨故人·還買吳航◎兩○凝○望◎滿○城○風○雨△催○送○重○陽◎

〔評〕陳洵曰。此篇脈絡。頗不易尋。今爲細繹之。當先認定書光書字。謂得其去姬書札也。生動淒涼。全爲此書。所謂萬種只此一事。秋氣特佐人悲耳。舊衫二句。乃從去時追寫。謂臨別之淚。染此衫中。今則已成舊色。爲此書提起。而花碧蜂黃。皆歷歷在目。所謂淒涼也。傷字又提楚魂。應悲秋。雁汀來信。收束書字。以虛結實。都忘反接最奇幻。得此二字。超然遐舉矣。言未得書前。往事都不記省也。水沈花香。岸錦葉色。舊賞則未別前事。御溝題葉。又是定情之始。今則此情應不到流湘矣。蓋其人已由吳入楚也。數客路又隨淮月。又將由楚入淮。則身益零落。固不如居吳時也。吳則覺翁常游之地。故曰羨故人還買吳航。二語蓋皆書中所具語。語語徵實。筆筆淩空。兩結尤極縹緲之致。（海綃說詞）

絳都春

爲李篔房量珠賀

情黏舞線。悵駐馬灞橋。天寒人遠。旋翦露痕。移得春嬌栽瓊苑。流鶯常語煙中怨。恨三月。飛花零亂。豔陽歸後。紅藏翠掩。小坊幽院。　誰見新腔按徹。背鐙暗共倚篔屏葱蒨。繡被夢輕。金屋妝深。沈香換。梅花重洗春風面。正溪上參橫。月轉。並禽飛上金沙。瑞香霧煖。

〔評〕

陳洵曰。情黏舞線。從題前起。悵駐馬灞橋。天寒人遠。反跌。旋翦露痕入題。移得春嬌栽瓊苑歇步。流鶯以下。空際取神。開合動蕩。卻純用興體。以起後闋所賦。梅花以下。又遙接移得春嬌。讀之但覺滿室春氣。　詞中不外人事風景。鎔人事入風景。則實處皆空。鎔風景入人事。則空處皆實。此篇人事風景交錬。表裏相宣。才情並美。應酬之作。難得如許精粹。（海綃說詞）

絳都春

燕亡久矣。京口適見似人。悵怨有感。

南樓墜燕。又鐙暈夜涼。疏簾空捲。葉吹暮喧。花露晨晞。秋光短。當時明月娉婷伴。悵客路。幽扃俱遠。霧鬟依約。除非照影。鏡空不見。　別館秋娘乍識。似人處。最在雙波凝盼。舊色舊香。閒雨閒雲情終淺。丹青誰畫真真面。便祇作梅花頻看。更愁花變梨霙。又隨夢散。

〔評〕

陳洵曰。墜燕去妾也。已成往事。故曰又。葉吹十一字。言我朝暮只如此過。從夜涼再展一步。然後以當時句提起客路句跌落霧鬟三句。一步一轉。收合明月娉婷。別館正對南樓。乍識似人。從不見轉出舊色舊香。又似眞見閒雨閒雲情終淺。則又不如不見矣。層層脫換。然後以眞眞難畫。只作花看收住。復轉一步作結。筆力直破餘地。（海綃說詞）

惜黃花慢

次吳江小泊。夜飲僧窗惜別。邦人趙簿攜小妓侑尊。連歌數闋。皆清眞詞。酒盡已四鼓。賦此詞餞尹梅津。

送客吳皋。正試霜夜冷。楓落長橋。望天不盡。背城漸杳。離亭黯黯。恨水迢迢。翠香零落紅衣老。暮愁鎖。殘柳眉梢。念瘦腰。沈郎舊日。曾繫蘭橈。　仙人鳳咽瓊簫。悵斷魂送遠。九辯難招。醉鬟留盼。小窗剪燭。歌雲載恨。飛上銀霄。素秋不解隨船去。敗紅趁一葉寒濤。夢翠翹。怨紅料過南譙。

〔評〕

陳洵曰。題外有事。當與瑞龍吟黯分袖參看。沈郎謂梅津。繫蘭橈蓋有所眷也。仙人謂所眷者。鳳簫則有夫婦之分。斷魂二句言如此分別雖九辯難招。況淸眞詞乎。含思淒婉。轉出下四句。實處皆空矣。素秋言此間風景。不隨船去。則兩地趁濤惟葉。依稀有情。翠翹即上之仙人。特不知與瑞龍吟所別是一是二。（海綃說詞）

探芳信

爲春瘦。更瘦如梅花。花應知否。任枕函雲墜。離懷半中酒。雨聲樓閣春寒裏。寂寞收鐙後。甚年年鬪草心期。探花時候。　嬌嬾強拈繡。暗背裏相思。閒供晴晝。玉合羅囊。蘭膏漬紅豆。舞衣疊損金泥鳳。妒折闌干柳。幾多愁。兩點天涯遠岫。

〔評〕

陳洵曰。本是傷離。卻說爲春。鬪草探花。佳時易過。雨聲如此。晴晝奈何。曰年年。則離非一日。曰半中酒。則此懷何堪。用兩層逼出換頭一句。以下全寫相思。相思是骨外面只見嬌嬾。傳神阿堵。須理會此兩句。（海綃說詞）

聲聲慢

陪幕中餞孫無懷於郭希道池亭。閏重九前一日。

檀欒金碧、婀娜蓬萊、遊雲不蘸芳洲。露柳霜蓮、十分點綴成秋。新彎畫眉未穩、似含羞，低護牆頭。愁送遠、駐西臺車馬、共惜臨流。　知道池亭多宴、掩庭花長是、驚落秦謳。膩粉闌干、猶聞凭袖香留。輸他翠漣拍甃、瞰新妝．時浸明眸。簾半捲、帶黃花．人在小樓。

〔評〕

陳洵曰。郭希道池亭。卽清華池館。是覺翁常遊之地。孫無懷只以別筵暫駐。平時之多宴。固未與也。知道二字。爲無懷設想。眞是黯然銷魂。膩粉以下純作癡戀語。爲惜別加倍出力。學者須聽絃外音。人在．凝眸．瞰妝．純用倒捲。共

惜知道輸他是詞中點睛。起八字殊有拙致。（海綃說詞）

高陽臺

豐樂樓分韻得如字

修竹凝妝，垂楊駐馬，憑闌淺畫成圖。山色誰題，樓前有雁斜書。東風緊送斜陽下，弄舊寒、晚酒醒餘。自銷凝，能幾花前，頓老相如。

傷春不在高樓上，在鐙前敧枕，雨外熏鑪。怕艤遊船，臨流可奈清臞。飛紅若到西湖底，攪翠瀾、總是愁魚。莫重來，吹盡香緜，淚滿平蕪。

〔評〕

麥孺博曰。穠麗極矣。仍自清空。如此詞筆。安能以七寶樓臺誚之。

陳洵曰。淺畫成圖。半壁偏安也。山色誰題。無與託國者。東風緊送。則危急極矣。凝妝駐馬。依然歡會。酒醒人老。偏念舊寒。鐙前雨外。不禁傷春矣。愁魚殃及池魚之意。淚滿平蕪。則城邑邱墟。高樓何有焉。故曰傷春不在高樓上。是

吳詞之極沈痛者。（海綃說詞）

高陽臺

落梅

宮粉雕痕，仙雲墮影，無人野水荒灣。古石埋香，金沙鎖骨連環。南樓不恨吹橫笛，恨曉風、千里關山。半飄零，庭上黃昏，月冷闌干。　壽陽空理愁鸞。問誰調玉髓，暗補香瘢。細雨歸鴻，孤山無限春寒。離魂難倩招清些，夢縞衣、解佩溪邊。最愁人，啼鳥晴明，葉底青圓。

倦尋芳

花翁遇舊歡吳門老妓李憐，邀分韻同賦此詞。

墜絣恨井，分鏡迷樓，空閉孤燕。寄別崔徽，清瘦畫圖春面。不約舟移楊柳繫，有緣人映桃花見。敍分攜，悔香瘢漫爇，綠鬢輕翦。　聽細雨、琵琶幽怨，客鬢蒼華，衫袖溼徧。漸老芙蓉，猶自帶霜宜看。一縷情深朱戶掩，兩痕愁起青山遠。被西風，又驚吹、夢雲分。散。

三姝媚

吹笙池上道。爲王孫重來。旋生芳草。水石清寒。過半春猶自。燕沈鶯悄。稱柳闌干。晴蕩漾．禁煙殘照。往事依然。爭忍重聽。怨紅淒調。　曲榭方亭初掃。印蘚迹雙鴛。記穿林窈。頓隔年華。似夢回花上。露晞平曉。恨逐孤鴻。客又去清明還到。便鞚牆頭歸騎。青梅已老。

〔評〕

陳洵曰。池上道．湖上故居。吹笙．仙侶。王孫重來。客遊初歸。則別非一日矣。旋生芳草．倒鉤。燕沈鶯悄。杳無消息。禁煙殘照。時節關心。兩層聯下。爲往事二字追逼。怨紅淒調。再跌進一步作歇。態濃意遠。顧望懷愁。方亭卽西園之林亭。雙鴛卽惆悵不到之雙鴛。彼猶有望。此但記憶。記字倒鉤。頓隔年華．起步。似夢回花上。露晞平曉。復留步。眞有迴眸一笑之態。客卽孤鴻。可與放客送

客之客字參看言在此而意在彼也又字還字最幻蓋其人之去已兩清明矣所謂頓隔年華青梅已老比怨紅更悲卻是眼前景物（海綃說詞）

三姝媚

過都城舊居有感

湖山經醉慣漬春衫啼痕酒痕無限又客長安歎斷襟零袂涴塵誰浣紫曲門荒沿敗井風搖青蔓對語東鄰猶是曾巢謝堂雙燕　春夢人間須斷但怪得當年夢緣能短繡屋秦箏傍海棠偏愛夜深開宴舞歇歌沈花未減紅顏先變竚久河橋欲去斜陽淚滿

〔評〕

陳洵曰過舊居思故國也讀起句可見啼痕酒痕悲歡離合之迹以下緣情布景憑弔興亡蓋非僅與懷陳迹矣春夢須斷往來常理人間二字不可忽過正見天上可哀夢緣能短治日少也秦箏三句回首承平紅顏先變盛時

已過。則惟有斜陽之淚。送此湖山耳。此蓋覺翁晚年之作。讀草窗與君共是承平年少及玉田獨憐水樓賦筆。有斜陽還怕登臨。可與知此詞。（海綃說詞）

八聲甘州

陪庾幕諸公遊靈巖

渺空煙四遠是何年青天墜長星幻蒼厓雲樹名娃金屋殘霸宮城箭徑酸風射眼膩水染花腥時靸雙鴛響廊葉秋聲　宮裏吳王沈醉倩五湖倦客獨釣醒醒問蒼波無語華髮奈山青水涵空闌干高處送亂鴉斜日落漁汀連呼酒上琴臺去秋與雲平

〔評〕

陳洵曰。換頭三句。不過言山容水態。如吳王范蠡之醉醒耳。蒼波承五湖。山青承宮裏。獨醒無語。沈醉奈何。是此詞最沈痛處。今更爲推演之。蓋惜夫差之受欺越王也。長頸之毒。蠡知之而王不知。則王醉而蠡醒矣。女眞之猾甚於勾踐。北狩之辱。奇於甬東。五國城之崩。酷於卑猶位。遺民之憑弔。異於鴟夷之逍遙。而遊艮嶽。幸樊樓者。乃荒於吳宮之沈湎。北宋已矣。南渡宴安。又將岌岌。五湖倦客。今復何人。一倩字有衆人皆醉意。不知當時庾幕諸公。何以對此。（海綃說詞）

夜合花

自鶴江入京。泊葑門外有感。

柳暝河橋。鶯晴臺苑。短策頻惹春香。當時夜泊。溫柔便入深鄉。詞韻窄。酒杯長。翦蠟花。壺箭催忙。共追遊處。淩波翠陌。連棹橫塘。　十年一夢淒涼。似西湖燕去。吳館巢荒。重來萬感。依前喚酒銀罌。溪雨急。岸花狂。趁殘鴉。飛過蒼茫。故人樓上。憑誰指與芳草斜陽。

右吳文英詞三十八首錄自彊邨遺書本夢窗詞集

〔作者小傳〕

吳文英字君特。自號夢窗。晚號覺翁。四明人。於翁元龍爲親伯仲。蓋本姓翁氏。而出後於吳者也。紹定中入蘇州倉幕。景定時。客榮王邸。受知於丞相吳潛。常往來蘇杭間。與史宅之．趙與⿱竹憲．賈似道。皆有交誼。（參攷杜刻夢窗詞劉毓崧序及近人楊鐵夫吳夢窗事蹟攷略）沈義父著樂府指迷。嘗稱識夢窗。暇日相與倡酬。率多塡詞。因講論作詞之法。然後知詞之作難於詩。蓋音律欲其協。不協則成長短之詩。下字欲其雅。不雅則近乎纏令之體。用字不可太露。露則直突而無深長之味。發意不可太高。高則狂怪而失柔婉之意。思此則知所以爲難。沈氏此言。殆皆夢窗平日所持主旨。其爲詞家宗匠。蓋有由矣。夢窗詞傳世有毛氏汲古閣宋六十家詞本。杜氏曼陀羅華閣本。王氏四印齋本．朱氏彊邨叢書本。彊邨遺書本．張氏四明叢書本。遺書本校勘最精。

〔集評〕

尹煥曰。求詞於吾宋者。前有淸眞。後有夢窗。此非煥之言。天下之公言也。(絕妙好詞箋引)

張炎曰。吳夢窗詞。如七寶樓臺。眩人眼目。碎拆下來。不成片段。(詞源)

沈義父曰。夢窗深得淸眞之妙。其失在用事下語太晦處。人不可曉。(樂府指迷)

周濟曰。夢窗奇思壯采。騰天潛淵。返南宋之淸泚。爲北宋之穠摯。　皐文不取夢窗。是爲碧山門逕所限耳。夢窗立意高。取逕遠。皆非餘子所及。惟過嗜餖飣。以此被議。若其虛實並到之作。雖淸眞不過也。(宋四家詞選序論)

又曰。良卿曰。尹惟曉前有淸眞。後有夢窗之說。可謂知言。夢窗每於空際轉身。非具大神力不能。　夢窗非無生澀處。總勝空滑。況其佳者。天光雲影。搖蕩綠波。撫玩無斁。追尋已遠。　君特意思甚感慨。而寄情閒散。使人不能測

其中之所有。（介存齋論詞雜著）

周爾墉曰。於逼塞中見空靈。於渾樸中見勾勒。於刻畫中見天然。讀夢窗詞。當於此着眼。性情能不爲詞藻所掩。方是夢窗法乳。（周評絕妙好詞傳鈔本）

鄭文焯曰。君特爲詞。用雋上之才。別構一格。拈韻習取古諧舉典務出奇麗。如唐賢詩家之李賀。文流之孫樵。劉蛻。鎚幽鑿險。開逕自行。學者匪造次所能陳其細趣也。　又曰。其取字多從長吉詩中得來。故造語奇麗。世士罕尋其源。輒疑太晦。過矣。（鄭校夢窗詞跋稿本）

況周頤曰。性情少。勿學稼軒。非絕頂聰明。勿學夢窗。（蕙風詞話）　又曰。近人學夢窗。輒從密處入手。夢窗密處。能令無數麗字一一生動飛舞。如萬花爲春。非若瑂璘璧繡。毫無生氣也。如何能運動無數麗字。恃聰明。尤恃魄力。如何能有魄力。唯厚乃有魄力。夢窗密處易學。厚處難學。（香東漫筆）

馮煦曰。夢窗之詞。麗而則。幽邃而緜密。脈絡井井。而卒焉不能得其端倪。尹惟曉比之淸眞。沈伯時亦謂深得淸眞之妙。而又病其晦。張叔夏則譬諸七寶樓臺。眩人眼目。蓋山中白雲專主淸空。與夢窗家數相反。故於諸作中獨賞其唐多令之疏快。實則何處合成愁一闋。尙非君特本色。提要云。天分不及周邦彥。而研鍊之功則過之。詞家之有文英。如詩家之有李商隱。予則謂商隱之學老杜。亦如文英之學淸眞也。（宋六十一家詞選例言）

樊增祥曰。世人無眞見解。惑於樂笑翁七寶樓臺之論。遂謂夢窗詞多理少。能密緻。不能淸疏。眞瞽談耳。（樊評彊邨詞稿本）

王國維曰。周介存謂夢窗詞之佳者。如天光雲影。搖蕩綠波。撫玩無斁。追尋已遠。余覽夢窗甲乙丙丁稿中。實無足當此者。有之。其隔江人在雨聲中。晚風菰葉生秋怨二語乎。又曰。夢窗之詞。吾得取其詞中之一語以評之。曰。映夢窗淩亂碧。（人間詞話）

張爾田曰。夢窗詞殿天水一朝。分鑣淸眞。碎璧零璣。觸之皆寶。雖蘊藩溷。其精神行天壤。固自不敝。（詞林考鑒引）

劉承幹曰。案香海棠館詞話云。宋詞有三要。重。拙。大。又云。重者。沈著之謂。在氣格。不在字句。於夢窗詞。庶幾見之。卽其芬悱鏗麗之作。中間雋句豔字。莫不有沈摯之思。灝瀚之氣。挾之以流轉。令人玩索而不能盡。則其中之所存者厚。沈著者。厚之發見乎外者也。欲學夢窗之緻密。先學夢窗之沈著。卽緻密。卽沈著。非出乎緻密之外。超乎緻密之上。別有沈著之一境也。夢窗之詞。與東坡。稼軒諸公。實殊流而同源。其見爲不同者。則夢窗緻密其外耳。其至高至精處。雖欲擬議形容之。猶苦不得其神似。穎惠之士。束髮操觚。勿輕言學夢窗也。（詞林考鑒稿本）

劉辰翁

蘭陵王

丙子送春

送春去春去人間無路鞦韆外芳草連天誰遣風沙暗南浦依依甚意緒漫憶海門飛絮亂鴉過斗轉城荒不見來時試燈處　春去最誰苦但箭雁沈邊梁燕無主杜鵑聲裏長門暮想玉樹凋土淚盤如露咸陽送客屢回顧斜日未能度　春去尚來否正江令恨別庾信愁賦（二人皆北去）蘇隄盡日風和雨歎神遊故國花記前度人生流落顧孺子共夜語

〔評〕

卓人月曰。送春去二句悲絕。春去最誰苦四句。淒清何減夜猿。第三疊悠揚悱惻即以爲小雅楚騷可也。塡詞云乎哉。（詞統）

瑣窗寒

和巽吾聞鶯

嫩綠如新嬌鶯似舊今吾非故空山過雨睍睆留春春去似尊前曲曲陽關行人回

首江南處◎漫停雲低黯△征衫憔悴△酒痕猶汚◎　欲語渾未住◎記匹馬經行△風林煙樹◎家山何在△想見綠窗啼霧◎又何堪•滿目淒涼△故園夢裏能歸否◎但數聲•驚覺行雲△重省佳期誤◎

大聖樂

傷春（有序）

余嘗愛古詞云。休眉鎖。問朱顏去也。還更來麼。音韻低黯。辭情跌宕。庶幾哀而不怨。有益於幽憂憔悴者。然二語外率鄙俚。因依聲彷彿。反之和之。此曲少有作者。流爲善歌。則或數十疊。其聲皆不可考。今特以意高下。未必盡合本調。聊以紓思志感云爾。

芳草如雲△飛紅似雨△賣花聲過◎況回首•洗馬塍荒△更寒食•宮人斜閉△煙雨銅駝◎提壺盧•何所得酒△泥滑滑•行不得也哥哥◎傷心處△斜陽巷陌△人唱西河◎　天下事△不如意△十常八九△無奈何◎論兵忍事△對客稱好△面皺如鞾◎廣武嘻嘻△東陵反覆△歡樂少兮哀

怨多休眉鎖問朱顏去也還更來麽

寶鼎現

春月（詞林紀事題作丁酉元夕）

紅妝春騎踏月影（詞譜作踏月呼影）竿（詞譜作千）旗穿市望不盡（詞譜作見）樓臺（詞譜作璚樓）歌舞習習香塵蓮步底簫聲斷約彩鸞歸去未怕金吾呵醉甚輦路喧闐且止聽得念奴歌起　父老猶記宣和事抱銅仙清淚如水還轉盼沙河多麗滉漾明光連邸第簾影凍（詞譜作動）散紅光成綺月浸葡萄十里看往來神仙才子肯把菱花撲碎　腸斷竹馬兒童空見說三千樂指等多時春不歸來到春時欲睡又說向燈前擁髻暗滴鮫珠墜便當日親見霓裳天上人間夢裏

憶舊遊

和巽吾相憶寄韻

渺山城故苑烟橫綠野林勝青油甚相思只在華清泉側凝碧池頭故人念我何處

墮淚水西流◎念寒食如君△江南似我△花絮悠悠◎　不知身南北△對斷烟禁火△蹇六年留◎恨聽鶯不見△到而今又恨△晛晥成愁◎去年相攜流落△回首隔芳洲◎但行去行來△春風春水無過舟◎

水龍吟

巽吾賦溪南海棠花下有相憶之句。讀之不可爲懷。和韻。並述江東旅行。

征衫春雨縱橫△何曾溼得飛花透◎知君念我△溪南徙倚△誰家紅袖◎藉草成眠△簪花倚醉△狂歌扶手◎歎故人何處△聞鵑墮淚△春去也△到家否◎　說與東風情事△怕東風．似人眉皺◎亂山華屋△殘鄰廢里△不堪回首◎寒食江村△牛羊丘隴△茅檐酤酒◎笑周秦來往△與誰同夢△說開元舊◎

永遇樂

余自乙亥上元。誦李易安永遇樂。爲之涕下。今三年矣。每聞此詞。輒不自堪。遂依其聲。又託之易安自喻。雖辭情不及。而悲苦過之。

壁月初晴△黛雲遠澹△春事誰主◎禁苑嬌寒△湖隄倦暖△前度遽如許◎香塵暗陌△華燈明晝△長是嬾攜手去◎誰知道·斷烟禁夜△滿城似愁風雨◎　宣和舊日△臨安南渡△芳景猶自如故◎緗帙流離△風鬢三五△能賦詞最苦◎江南無路△鄜州今夜△此苦又誰知否◎空相對·殘釭無寐△滿村社鼓◎

鶯啼序

感懷

悤悤何須驚覺△喚草廬人起◎算成敗利鈍△非臣逆睹△至死後已◎又何似·采桑八百△看蠶夜織·小窗裏◎漫二升自苦△教人弔·臥龍里◎　別有佳人△追桃恨李△擁凝香繡被◎爭知道·壯士悲歌△蕭蕭正度寒水◎問荊卿田橫古墓△更誰載酒爲君酹◎過霜橘落月。老人不見遺履◎　置之勿道△逝者如斯△甚矣衰久矣◎君其爲吾歸計◎爲耕計◎但問某所泉甘△何鄉魚美◎此生不願多才藝◎功名馬上兜鍪△出莫書生誤·盡了人間事◎昔年種柳江潭△攀枝折條△噫嘻樹猶如此◎　登高一笑△把菊東籬△且復聊爾耳◎試回首·龍山

路斷走馬臺荒渭水秋風沙河夜市休休莫莫毋多酌我我狂最喜高歌去但高歌不是番腔底此時對影成三呼娥起舞爲何人喜

水調歌頭

寂寂復寂寂此月古時明銀河也變成陸灰刼斷槎橫歷落英雄孺子滅沒龍光牛斗勝敗黯然平玉笛叫空闊終有故人情　雁南飛烏繞樹鶴歸城問君有酒何不鼓瑟更吹笙我飲嗚嗚起舞我舞傲傲白髮顧影可憐生舊日中秋客幾處幾回晴

摸魚兒

酒邊留同年徐雲屋

怎知他春歸何處相逢且盡尊酒少年嫋嫋天涯恨長結西湖烟柳休回首但細雨斷橋憔悴人歸後東風似舊問前度桃花劉郎能記花復認郎否　君且住草草留君翦韭前宵正恁時候深杯欲共歌聲滑翻溼春衫半袖空眉皺看白髮尊前已似人人有臨分把手歎一笑論文清狂顧曲此會幾時又

右劉辰翁詞十首錄自彊邨叢書本須溪詞

〔作者小傳〕

劉辰翁字會孟。廬陵人。少登陸象山門。補太學生。景定壬戌。廷試對策。忤賈似道。置丙第。以親老。請濂溪書院山長。薦居史館。又除太學博士。皆固辭。宋亡。隱居卒。（詞林紀事卷十四）所爲須溪詞。見彊邨叢書。

〔評〕

況周頤曰。近人論詞。或以須溪詞爲別調。非知人之言也。須溪詞多眞率語滿心而發。不假追琢。有掉臂游行之樂。其詞筆多用中鋒。風格遒上。略與稼軒旗鼓相當。世俗之論。容或以稼軒爲別調。宜其以別調目須溪也。（餐櫻廡詞話）

王沂孫

天香

四印齋本影作彩。

龍涎香

孤嶠蟠烟層濤蛻月驪宮夜採鉛水汛遠槎風夢深薇露化作斷魂心字紅甆候火還乍識冰環玉指一縷縈簾翠影依稀海天（樂府補題作海山）雲氣 幾回殢嬌半醉翦春鐙夜寒花碎更好故溪飛雪小窗深閉荀令如今頓老總忘卻樽前舊風味謾惜餘熏空篝素被

〔評〕

周爾墉曰。密栗是極用力之作。（周評絕妙好詞箋）

眉嫵

新月

漸新痕懸柳澹影穿花依約破初暝便有團圓意深深拜相逢誰在香徑畫眉未穩料素娥猶帶離恨最堪愛一曲銀鉤小寶簾挂秋冷 千古盈虧休問歎謾磨玉斧難補金鏡太液池猶在淒涼處何人重賦清景故山夜永試待他窺戶端正看雲外

山河△還老桂花舊影◎（詞辨結二句校改作還老盡桂花影）

〔評〕譚獻曰。聖與精能。以婉約出之。以詩派律之。大曆諸家。去天寶未遠。又曰。玉田正是勁敵。但士氣則碧山勝矣。又曰。團圓二句。寓意自深。音辭高亮。歐晏如蘭亭眞本。此僅一翻。結筆蹊徑顯然。（譚評詞辨）

水龍吟

落葉

曉霜初著青林△望中故國淒涼早◎蕭蕭漸積△紛紛猶墜△門荒徑悄◎渭水風生△洞庭波起△幾番秋杪◎想重厓半沒△千峯盡出△山中路△無人到◎前度題紅杳杳◎遡宮溝•暗流空繞◎啼螿未歇△飛鴻欲過△此時懷抱◎亂影翻窗△碎聲敲砌△愁人多少◎望吾廬甚處△只應今夜△滿庭誰掃◎

〔評〕

況周頤曰。此較近蒼淡之作。

齊天樂

螢

碧痕初化池塘草。熒熒野光相趁。扇薄星流。盤明露滴。零落秋原飛燐。練裳暗近。記穿柳生涼。度荷分暝。誤我殘編。翠囊空嘆夢無準。　樓陰時過數點。倚闌人未睡。曾賦幽恨。漢苑飄苔。秦陵墜葉。千古淒涼不盡。何人爲省。但隔水餘暉。傍林殘影。已覺蕭疎。更堪秋夜永。

〔評〕

譚獻曰。誤我殘編二句亦寓言。樓陰句拓成遠勢。過變中又一法。漢苑三句。可謂盤拏倔強。結筆繞梁之音。（譚評詞辨）

齊天樂

蟬

綠槐（別本作綠陰）千樹西窗悄△厭厭晝眠驚起◎（詞綜誤睡）飲露身輕△吟風翅薄△（樂府補題作嫩翼風微流聲露悄）半翦冰箋誰寄◎淒涼倦耳◎漫重拂琴絲△怕尋冠珥◎短夢深宮△向人猶自訴憔悴◎殘虹收盡過雨◎晚來頻斷續△都是秋意◎病。葉。難。留△纖。柯。易。老△空。憶。斜。陽。身。世◎窗明（別本作山明）月碎◎甚。已。絕。餘。音△尚。遺。枯。蜺◎鬢影參差△斷魂青鏡裏◎

〔評〕周濟曰。此身世之感。（宋四家詞選）

又

一襟餘恨宮魂斷△年年翠陰庭樹◎（樂府補題作庭宇）乍咽涼柯△還移暗葉△重把離愁深訴◎（補題作低訴）西窗（補題作西園）過雨◎怪瑤珮流空△（補題作漸金錯鳴刀）玉箏調柱◎鏡。暗。（別本作鏡掩）妝。殘△爲。誰。嬌。鬢。尚。如。許◎銅仙鉛淚似洗◎歎移盤（補題作攜盤）去遠△難貯零露◎病。翼。驚。秋△枯。形。閱。世△消。得。斜。陽。幾。度◎

餘音更苦甚獨抱淸高（詞綜作淸商）頓成淒楚謾想薰風柳絲千萬縷

〔評〕

周濟曰。此家國之恨。（宋四家詞選）

譚獻曰。此是學唐人句法章法。庾郎先自吟愁賦。遜其蔚跂。又曰。西窗句亦排宕法。銅仙句極力排盪。病葉三句。玩其絃指收裹處。有變徵之音。掉尾不肯直瀉。然不自在。（譚評詞辨）

高陽臺

殘（詞綜誤淺）萼梅酸新溝水綠初晴（絕妙好詞誤作東風）節序暄妍獨立雕闌誰憐枉度華年朝朝準擬淸明近料燕翎須寄銀箋又爭知一字相思不到吟邊雙蛾不拂青鸞冷任花陰寂寂掩戶閒眠屢卜佳期無憑卻恨金錢（絕妙好詞恨作怨）何人寄與天涯信趁東風急整歸船（詞綜誤作鞭）縱漂零滿院楊花猶是春前

〔評〕

周爾墉曰。莫兩山詞。直饒明日便春晴。已是一春閒過了。與此收筆用意相反。而一用進筆。一用縮筆。洵爲異曲同工。（周評絕妙好詞）

況周頤曰。結筆低徊掩抑。盪氣迴腸。

麥孺博曰。此言半壁江山。猶可整頓也。睠懷君國。盼望中興。何減少陵。

高陽臺

和周草窗寄越中諸友韻

殘雪庭除△輕寒簾影△霏霏玉管春葭◎小帖金泥△不知春在（詞綜誤作是）誰家◎相思一夜窗前夢△奈個人．（別本作似人）水隔天遮◎但凄然．滿樹幽香△滿地橫斜◎江南自是離愁苦△況游驄古道△歸雁平沙◎怎得銀箋△殷勤與說年華◎如今處處生芳草△縱憑高．不見天涯◎更消他．幾度東風△幾度飛花◎

〔評〕

張惠言曰。此傷君臣晏安。不思國恥。天下將亡也。（詞選）

譚獻曰。相思句點逗清醒。游驄二句。又是一層鈎勒。（譚評詞辨）

鎖窗寒

春思

趁酒梨花。催詩柳絮。一窗春怨。疎疎過雨。洗盡滿堦芳片。數東風。二十四番。幾番誤。了。西園宴。認小簾朱戶。不如飛去。舊巢雙燕。曾見雙蛾淺。自別後多應黛痕不展。撲蝶花陰。怕看題詩團扇。試憑他。流水寄情。遡紅不到春更遠。但無聊病酒。懨懨夜月荼蘼院。

〔評〕

譚獻曰。東風二句。幽咽如訴。換頭處見章法。流水二句。宕逸得未曾有。碧山勝處獨擅。（譚評詞辨）

長亭怨

四印齋本偏作訊。

重過中庵故園

泛孤艇東臯過偏尙記當日綠陰門掩屐齒苔階酒痕羅袖事何限欲尋前迹空惆悵成秋苑自約賞花人別後總風流雲散　水遠怎知流水外卻是亂山尤遠天涯夢短想忘了綺疏雕檻望不盡苒苒斜陽撫喬木年華將晚但數點紅英猶識（一作猶試）西園淒婉

〔評〕

周爾墉曰後半闋一片神行。筆墨到此俱化。（周評絕妙好詞）

法曲獻仙音

聚景亭梅。次草窗韻。

層綠峨峨纖瓊皎皎倒壓波痕清淺過眼年華動人幽意相逢幾番春換記喚酒尋芳處盈盈褪妝晚　已銷黯況淒涼近來離思應忘卻明月夜深歸輦荏苒一枝春恨東風人似天遠縱有殘花洒征衣鉛淚都滿但殷勤折取自遺一襟幽怨

慶宮春

水仙花

明玉擎金△纖羅飄帶△為君起舞回雪◎柔影參差△幽芳零亂△翠圍腰瘦一捻◎歲華相誤△記前度·湘皋怨別◎哀絃重聽△都是淒涼△未須彈徹◎　國香到此誰憐△煙冷沙昏△頓成愁絕◎花惱難禁△酒銷欲盡△門外冰澌初結◎試招仙魄△怕今夜·瑤簪凍折◎攜盤獨出△空想咸陽△故宮落月◎

〔評〕

周爾墉曰。用事有以鹽著水之妙。又曰。淒然厓海之音。（周評絕妙好詞）

右王沂孫詞十二首錄自四印齋本花外集

〔作者小傳〕

王沂孫字聖與。（一作聖予）號碧山。又號中仙。又號玉笥山人。會稽人。入元。官慶元路學正。（據延祐四明志）所為詞名碧山樂府。一名花外集。有鮑氏知不足齋叢書本。王氏四印齋本。

〔集　評〕

張炎曰。碧山詞琢語峭拔。有白石意度。（詞源）

周濟曰。中仙最多故國之感。故著力不多。天分高絕。所謂意能尊體也。又曰。中仙最近叔夏一派。然玉田自遜其深遠。（介存齋論詞雜著）又曰。碧山胸次恬淡。故黍離麥秀之感。只以唱歎出之。無劍拔弩張習氣。又曰。詞以思筆爲入門階陛。碧山思筆。可謂雙絕。幽折處大勝白石。惟圭角太分明。反復讀之。有水清無魚之恨。（宋四家詞選序論）

況周頤曰。初學作詞。最宜讀碧山樂府。如書中歐陽信本。準繩規矩極佳。二晏如右軍父子。賀方回如李北海。白石如虞伯施。而雋上過之。公謹如褚登善。夢窗如魯公。稼軒如誠懸。玉田如趙文敏。（香海棠館詞話）

張　炎

高陽臺

西湖春感

接葉巢鶯平波卷絮斷橋斜日歸船能幾番游看花又是明年東風且伴薔薇住到薔薇春已堪憐更悽然萬綠西泠一抹荒煙 當年燕子知何處但苔深韋曲草暗斜川見說新愁如今也到鷗邊無心再續笙歌夢掩重門淺醉閒眠莫開簾怕聽飛花怕聽啼鵑

〔評〕

譚獻曰能幾番游二句運掉虛渾東風二句是措注惟玉田能之爲他家所無換頭見章法玉田云最是過變不可斷了曲意是也（譚評詞辨）

淒涼犯

北游道中寄懷

蕭疏野柳嘶寒馬蘆花深還見游獵山勢北來甚時曾到醉魂飛越酸風自咽擁吟

鼻征衣暗裂正淒迷天涯羈旅不似灞橋雪　誰念而今老懶賦長楊倦懷休說空
憐斷梗夢依依歲華輕別待擊歌壺怕如意和冰凍折且行行平沙萬里盡是月

甘州

辛卯歲。沈堯道同余北歸。各處杭越。逾歲。堯道來問寂寞。語笑數日。又復別去。賦此曲幷寄趙學舟。（別本庚寅作辛卯。堯道作秋江。趙學舟作曾心傳。）

記玉關踏雪事清游寒氣脆貂裘傍枯林古道長河飲馬此意悠悠短夢依然江表
老淚灑西州一字無題處落葉都愁　載取白雲歸去問誰留楚佩弄影中洲折蘆
花贈遠零落一身秋向尋常野橋流水待招來不是舊沙鷗空懷感有斜陽處卻怕
登樓

〔評〕

譚獻曰。一氣旋折。作壯詞須識此法。白石（二字疑爲玉田之誤）嚶求稼軒。脫胎耆卿。此中消息。願與知音人參之。一字無題處二句恢詭。結有不著

屠沽之妙。（譚評詞辨）

瑣窗寒

王碧山又號中仙。越人也。能文。工詞。琢語峭拔。有白石意度。今絕響矣。余悼之玉笥山。所謂長歌之哀。過於痛哭。

斷碧分山△空簾剩月△故人天外◎香留酒殢蝴蝶◎一生花裏◎想如今．醉魂未醒△夜臺夢語秋聲◎碎自中仙去後△詞牋賦筆△便無清致◎　都是凄涼意◎悵玉笥埋雲錦袍歸水◎形容憔悴△料應也．孤吟山鬼◎那知人．彈折素絃△黃金鑄出相思淚◎但柳枝．門掩枯陰候蛩愁暗葦◎

解連環

孤雁

楚江空晚◎悵離羣萬里△怳然驚散◎自顧影．欲下寒塘△正沙淨草枯△水平天遠◎寫不成書△只寄得相思一點◎料因循誤了△殘氈擁雪△故人心眼◎　誰憐旅愁荏苒◎謾長門夜

悄錦箏彈怨想伴侶猶宿蘆花也曾念春前去程應轉暮雨相呼怕驀地玉關重見未羞他雙燕歸來畫簾半卷

〔評〕譚獻曰。亦是側入而氣傷於僄。寫不成書二句。檇李指痕。想伴侶三句如話。暮雨二句。浪花圓蹴。頗近自然。（譚評詞辨）

滿庭芳

小春

晴皎霜花曉鎔冰羽開簾覺道寒輕誤聞啼鳥生意又園林閒了淒涼賦筆便而今不聽秋聲消凝處一枝借暖終是未多情　陽和能幾許尋紅探粉也恁忺人笑鄰娃癡小料理護花鈴卻怕驚回睡蝶恐和他草夢都醒還知否能消幾日風雪灞橋深

聲聲慢

送琴友季靜軒還杭

荷衣消翠蕙帶餘香燈前共語生平苦竹黃蘆都是夢裏游情西湖幾番夜雨怕如今冷卻鷗盟倩寄遠見故人說道杜老飄零　難挽清風飛佩有相思都在斷柳長汀此別何如一笑寫入瑤琴天空水雲變色任愔愔山鬼愁聽興未已更何妨彈到廣陵

月下笛

孤游萬竹山中。閒門落葉。愁思黯然。因動黍離之感。時寓甬東積翠山舍。

萬里孤雲清游漸遠故人何處寒窗夢裏猶記經行舊時路連昌約略無多柳第一是難聽夜雨謾驚回淒悄相看燭影擁衾誰語　張緒歸何暮半零落依依斷橋鷗鷺天涯倦旅此時心事良苦只愁重灑西州淚問杜曲人家在否恐翠袖正天寒猶倚梅花那樹

梅子黃時雨

病後別羅江諸友

流水孤村△愛塵事頓消△來訪深隱◎向醉裏誰扶△滿身花影◎鷗鷺相看如瘦△近○來○不○是○傷○春○病◎嗟流景◎竹外野橋△猶繫煙艇◎

誰引◎斜川歸興◎便啼鵑縱少△無奈時聽◎待棹聲空明△魚波千頃◎彈○到○琵○琶○留○不○住△最○愁○人○是○黃○昏○近◎江○風○緊◎一○行○柳○陰○吹○暝◎

探春慢

雪霽

銀浦流雲△綠房迎曉△一抹牆腰月淡◎暖玉生煙△懸冰解凍△碎滴瑤階如霰◎纔○放○些○晴○意△早○瘦○了•梅○花○一○半◎也○知○不○做○花○看△東○風○何○事○吹○散◎

搖落似成秋苑◎甚釀得春來△怕教春見◎野渡舟回△前村門掩△應是不勝清怨◎次第尋芳去△灞橋外•蕙香波暖◎猶○妒○簷○聲△看○燈○人○在○深○院◎

探芳信

西湖春感寄草窗（別本作次周草窗韻）

坐清晝正治思縈花餘酲倦酒甚朵芳人老芳心尙如舊消魂忍說銅駝事不是因春瘦向西園竹埽頹垣蔓羅荒甃　風雨夜來驟歎歌冷鶯簾恨凝蛾岫愁到今年多似去年否舊情懶聽山陽笛目極空搔首我何堪老卻江潭漢柳

聲聲慢

題吳夢窗遺筆（別本作題夢窗自度曲霜花腴卷後）

煙堤小舫雨屋深燈春衫慣染京塵舞柳歌桃心事暗惱東鄰渾疑夜窗夢蝶到如今猶宿花陰待喚起甚江蘺搖落化作秋聲　回首曲終人遠黯消魂忍看朵朵芳雲潤墨空題惆悵醉魄難醒獨憐水樓賦筆有斜陽還怕登臨愁未了聽殘鶯啼過柳陰

長亭怨

舊居有感

望花外小橋流水門巷愔愔玉簫聲絕鶴去臺空佩環何處弄明月十年前事愁千

折。心情頓別露粉風香誰爲主都成消歇　淒咽曉窗分袂處同把帶鴛親結江空歲晚便忘了尊前曾說恨西風不庇寒蟬便埽盡一林殘葉謝楊柳多情還有綠陰時節

月下笛

寄仇山村溧陽

千里行秋支筇背錦頓懷清友殊鄉聚首愛吟猶自詩瘦山人不解思猿鶴笑問我章娘在否記長堤畫舫花柔春鬧幾番攜手　別後都依舊但靖節門前近來無柳盟鷗尚有可憐西塞漁叟斷腸不恨江南老恨落葉飄零最久倦游處減羈愁猶未消磨是酒

綠意

碧圓自潔向淺洲遠渚亭亭清絕猶有遺簪不展秋心能卷幾多炎熱鴛鴦密語同傾蓋且莫與浣紗人說恐怨歌忽斷花風碎卻翠雲千疊　回首當年漢舞怕飛去

謾皺留仙裙摺，戀戀青衫，猶染枯香。還歎鬢絲飄雪，盤心清露如鉛水，又一夜西風吹折。喜靜看匹練秋光，倒瀉半湖明月。

清平樂

候蛩悽斷，人語東風岸。月落沙平江似練，望盡蘆花無雁。　暗教愁損蘭成，可憐夜夜關情。只有一枝梧葉，不知多少秋聲。

新雁過妝樓

乙巳菊日寓溧陽。聞雁聲。因動脊令之感。

偏插茱萸，人何處，客裏頓懶攜壺。雁影涵秋，絕似暮雨相呼。料得曾留堤上月，舊家伴侶有書無。謾嗟吁，數聲怨抑，翻致無書。　誰識飄零萬里，更可憐倦翼，同此江湖。飲啄關心，知是近日何如。陶潛尚存菊徑，且休羨松風陶隱居。沙汀冷，揀寒枝，不似煙水黃蘆。

甘州

餞草窗歸霅

記天風飛佩紫霞邊△顧曲萬花深◎甚相如情倦△少陵愁老△還歎飄零◎短夢恍然今昔△故國十年心◎回首三三徑△松竹成陰◎　不恨片篷南浦△恨翦燈聽雨△誰伴孤吟◎料瘦筇歸後△閒瑣北山雲◎是幾番·柳邊行色△是幾番·同醉古園林◎煙波遠△筆牀茶竈△何處逢君◎

右張炎詞十八首錄自彊邨叢書本山中白雲詞

〔作者小傳〕

張炎字叔夏。號玉田。又號樂笑翁。本西秦人。家臨安。為循王俊五世孫。父樞字斗南。工長短句。李賞房每稱之。祖濡字子含。濡染家學。別出機杼。獨自成家。曾祖鎡字功甫。有南湖詩餘。楊誠齋賞其詩。所謂新拜南湖為上將是也。炎生於宋理宗淳祐戊申。嘗北遊燕薊。後潛蹤不仕。縱游浙東西。與並世詞人。如吳文英·王沂孫·周密·仇遠等皆厚善。當宋邦淪覆。年已三十有三。猶及見臨安全盛之日。故所作往往蒼涼激楚。卽景抒情。借寫其身世盛衰之感。非徒以翦紅刻翠爲工。又嘗以春水詞得名。人因稱曰張春水。其著作之傳世者。有山中白雲詞八卷。詞源二卷。山中白雲詞有毛氏汲古閣本。王氏四印齋本。許氏榆園叢刻本。朱氏彊邨叢書本。朱本有江昱所撰疏證。於各詞本事。攷證博洽。最便檢尋。

〔集　評〕

鄧牧曰。美成．白石．逮今膾炙人口。知者謂麗莫若周。賦情或近俚。騷莫若姜。放意或近率。今玉田張君。無二家所短而兼所長。（山中白雲詞序）

凌廷堪曰。美成如杜。白石兼王孟韋柳之長。與白石並有中原者。後起之玉田也。白石老仙去後。祇有玉田與之並立。探春慢二詞。工力悉敵。試掩姓氏觀之。不辨孰爲堯章。孰爲叔夏。（詞潔）

樓敬思曰。南宋詞人。姜白石外。唯張玉田能以翻筆側筆取勝。其章法句法俱超。清虛騷雅。可謂脫盡蹊徑。自成一家。迄今讀集中諸闋。一氣卷舒。不可方物。信乎其爲山中白雲也。

秦敦夫曰。山中白雲詞。流連光景。噫嗚婉抑。備寫其身世盛衰之感。實能冠絕流輩。與白石競響。可謂詞家龍象矣。

劉熙載曰。張玉田詞。清遠蘊藉。悽愴纏緜。大段瓣香白石。亦未嘗不轉益多師。即探芳信之次韻草窗。瑣窗寒之悼碧山。西子妝之悼夢窗可見。 詐玉田詞者。謂當與白石老仙相鼓吹。玉田作瑣窗寒悼王碧山序。謂碧山其詞閒雅。有姜白石意。今觀張王兩家。情韻極爲相似。如玉田高陽臺之接葉巢鶯。與碧山高陽臺之淺萼梅酸。尤同鼻息。 玉田論詞曰。蓮子熟時花自落。予更益以太白詩二句曰。清水出芙蓉。天然去雕飾。（藝概）

周濟曰。玉田。近人所最尊奉。才情詣力。亦不後諸人。終覺積穀作米。把纜放船。無開闊手段。然其清絕處。自不易到。 玉田詞佳者匹敵聖與。往往有似是而非處。不可不知。 叔夏所以不及前人處。只在字句上著功夫。不肯換意。若其用意佳者。即字字珠輝玉映。不可指摘。近人喜學玉田。亦爲修飾字句易換意難。（介存齋論詞雜著）

周密

繡鸞鳳花犯

賦水仙花（蘋洲漁笛譜作賦水仙）

楚江湄。湘娥乍見。無言灑清淚。淡然春意。空獨倚東風。芳思誰寄。凌波路冷秋無際。香雲隨步起。漫記得漢宮仙掌。亭亭明月底。 冰絃寫怨更多情。騷人恨。枉賦芳蘭幽芷。春思遠。誰笑。（笛譜作歎）賞國香風味。相將共歲寒伴侶。小窗淨。沈香與翠被。（笛譜作袂）幽夢覺。涓涓清露。一枝鐙影裏。

〔評〕

周濟曰。草窗長於賦物。然惟此及瑤花詠瓊花二闋。一意盤旋。毫無渣滓。他

作縱極工切。不免就題尋典。就典趁韻。就韻成句。墮落苦海矣。特拈出之。以爲南宋諸公鍼砭。（宋四家詞選）

瑤花慢

瓊花

朱鈿寶玦。天上飛瓊。比人間春別。江南江北。曾未見。漫擬梨雲梅雪。淮山春晚。問誰識。芳心高潔。消幾番。花落花開。老了玉關豪傑。金壺翦送瓊枝。看一騎紅塵。香度瑤闕。韶華正好。應自喜。初識長安蠭蝶。杜郎老矣。想舊事。花須能說。記少年。一夢揚州。二十四橋明月。

玉京秋

秋思（蘋洲漁笛譜題云。長安獨客。又見西風。素月丹楓。淒然其爲秋也。因調夾鐘羽一解。）

煙水闊。高林弄殘照。晚蜩淒切。碧碪度韻。銀牀飄葉。衣溼桐陰露冷。采涼花。時賦秋雲歎輕別一襟秋思砌蛩能說 客思吟商還怯怨歌長瓊壺暗缺翠扇恩疏紅衣香褪翻成消歇玉骨西風恨最恨閒卻新涼時節楚簫咽誰倚西樓淡月

〔評〕

譚獻曰。南渡詞境。高處往往出於清眞。玉骨二句。髀肉之歎也。（譚評詞辨）

曲游春

遊西湖（蘋洲漁笛譜題云。禁烟湖上薄遊。施中山賦詞甚佳。余因次其韻。蓋平時遊舫。至午後則盡入裏湖。抵暮始出斷橋。小駐而歸。非習於遊者不知也。故中山極擊節余閒卻半湖春色之句。謂能道人之所未云。）

禁苑東風外颺煖絲晴絮春思如織燕約鶯期惱芳情偏在翠深紅隙漠漠香塵隔沸十里亂絲（笛譜作絃）叢笛看畫船盡入西泠閒卻半湖春色 柳陌新煙凝碧暎簾底宮眉堤上遊勒輕暝籠寒怕梨雲夢冷杏香愁冪歌筦酬寒食奈蝶怨良宵岑寂正滿湖碎月搖花怎生去得

大聖樂

東園餞春（蘋洲漁笛譜題云。東園餞春。即席分題。）

嬌綠迷雲倦紅顰曉嫩晴芳樹漸午陰檐・（笛譜作簾）影移香燕語夢回千點碧桃吹雨冷落錦宮人歸後記前度蘭橈停翠浦凭闌久漫凝想鳳翹慵聽金縷留春問誰最苦奈花自無言鶯自語對畫樓殘照東風吹遠天涯何許怕折露條愁輕別更烟暝長亭啼杜宇垂楊晚但羅袖・暗沾飛絮（笛譜注單煞）

〔評〕

周濟曰。草窗最近夢窗。但夢窗思沈力厚。草窗則貌合耳。苦其鏤新鬭冶・固自絕倫。（宋四家詞選）

拜星月慢

春暮寄夢窗（蘋洲漁笛譜題云。癸亥春。沿檄荆溪。朱墨日賓送。忽忽不知芳事落鵑聲草色間。郡僚間載酒相慰。薦長歌清酺。政爾供愁。客夢栩栩。

已蜚度四橋烟水外矣。醉餘短弄歸日將大書之垂虹。)

膩葉陰淸孤花香冷迤邐芳洲春換薄酒孤吟悵相如遊倦想人在絮幕香簾凝望誤認幾許煙檣風幔芳草天涯負華堂雙燕　記簫聲淡月梨花院研箋紅漫寫東風怨一夜落月啼鵑喚四橋吟纜蕩歸心已過江南岸淸宵寥遠逐飛花亂幾千萬縷垂楊翦春愁不斷

大酺

春陰懷舊

又子規啼荼蘼謝寂寂春陰池閣羅窗人病酒奈牡丹初放晚風還惡燕燕歸遲鶯聲嬾閒罥鞦韆紅索三分春過二向臘寒猶凝翠衣香薄傍鶯徑鸚籠一池萍碎半檐花落　最憐春夢弱楚臺遠空負雨期雲約(笛譜作空負朝雲約)漫念想淸歌錦瑟翠管瑤尊幾回重(笛譜作沈)醉東園酌燕麥兔葵倩(笛譜作恨倩)誰訪畫闌紅藥況多病腰如削相如老去賦筆吟箋閒卻此情怕人問著

一蕚紅

登蓬萊閣有感

步深幽。正雲黃天淡。雪意未全休。鑑曲寒沙。茂林烟草。俛仰千古悠悠。歲華晚。飄零漸遠。誰念我。同載五湖舟。磴古松斜。厓陰苔老。一片淸愁。　回首天涯歸夢。幾魂飛西浦。淚灑東州。故國山川。故園心眼。還似王粲登樓。最負他。秦鬟妝鏡。好江山何事此時遊。爲喚狂吟老監。共賦銷憂。（自注。閣在紹興。西浦東州皆其地。）

〔評〕

周爾墉曰。草窗擅美在縝密。如此章稍空闊。愈益佳妙。（周評絕妙好詞）

法曲獻仙音

弔雪香亭梅

松雪飄寒。嶺雲吹凍。紅破數椒春淺。襯舞臺荒。浣妝池冷。淒涼市朝輕換。歎花與人凋謝。依依歲華晚。　共淒黯。問東風。幾番吹夢。應慣識當年。翠屏金輦。一片古今愁。

但廢綠平煙空遠。無語銷魂。對斜陽衰草淚滿。又西泠殘笛。低送數聲春怨。

右周密詞九首錄自無著庵校輯草窗詞

〔作者小傳〕

周密字公謹。濟南人。寓居吳興。復居錢唐。寶祐（詞林紀事作淳祐）間。爲義烏令。自號草窗。又號弁陽嘯翁。又號蕭齋。又號四水潛夫。詩名蠟屐集。（今所傳宋本名草窗韻語）詞名蘋洲漁笛譜。雜著有癸辛雜識四卷。齊東野語二十卷。志雅堂雜鈔一卷。浩然齋視聽鈔。弁陽客談。武林舊事十卷。澄懷錄二卷。雲烟過眼錄一卷。（以上錄絕妙好詞箋）草窗詞有鮑氏知不足齋叢書本。朱氏無著庵校輯本。

〔集評〕

周濟曰。公謹敲金戛玉。嚼雪盥花。新妙無與爲匹。 公謹只是詞人。頗有名心。未能自克。故雖才情詣力。色色絕人。終不能超然遐舉。（介存齋論詞雜

著）又曰。草窗鏤冰刻楮。精妙絶倫。但立意不高。取韻不遠。當與玉田抗行。未可方駕王吳也。（宋四家詞選序論）

元好問

水調歌頭

汜水故城登眺

牛羊散平楚。落日漢家營。龍拏虎擲何處。野蔓罥荒城。遥想朱旗回指。萬里風雲奔走。慘澹五年兵。天地入鞭箠。毛髮懍威靈。　一千年。成皋路。幾人經。長河浩浩東注。不盡古今情。誰謂麻池小豎。偶解東門長嘯。取次論韓彭。慷慨一尊酒。胸次若爲平。

摸魚兒

乙丑歲。赴試幷州。道逢捕鴈者云。今旦獲一鴈。殺之矣。其脫網者。悲鳴不能去。竟自投於地而死。予因買得之。葬之汾水之上。累石爲識。號曰鴈邱。時同行者多爲賦詩。予亦有鴈邱辭。舊所作無宮商。今改定之。

彊邨叢書本雪作景。

恨人間情是何物直教生死相許天南地北雙飛客老翅幾回寒暑歡樂趣離別苦是中更有癡兒女君應有語渺萬里層雲千山暮雪隻影爲誰去　橫汾路寂寞當年簫鼓荒煙依舊平楚招魂楚些何嗟及山鬼自啼風雨天也妒未信與鶯兒燕子俱黃土千秋萬古爲留待騷人狂歌痛飲來訪鴈邱處

摸魚兒

泰和中。大名民家小兒女。有以私情不如意赴水者。官爲蹤跡之。無見也。其後踏藕者得二尸水中。衣服仍可驗。其事乃白。是歲此陂荷花開無不並蔕者。沁水梁國用時爲錄事判官。爲李用章內翰言如此。此曲以樂府雙蕖怨命篇。咀五色之靈芝。香生九竅。嚥三淸之瑞露。春動七情。韓偓香奩集中自敍語。

問蓮根有絲多少蓮心知爲誰苦雙花脈脈嬌相向只是舊家兒女天已許甚不教白頭生死鴛鴦浦夕陽無語算謝客煙中湘妃江上未是斷腸處　香奩夢好在靈

芝瑞露人間俯仰今古海枯石爛情緣在幽恨不埋黃土相思樹流年度無端又被西風誤蘭舟少住怕載酒重來紅衣半落狼藉臥風雨

水龍吟

從商帥國器獵於南陽。同仲澤鼎玉賦此。

少年射虎名豪等閒赤羽千夫膳金鈴錦領平原千騎星流電轉路斷飛潛霧隨騰沸長圍高捲看川空谷靜旌旗動色得意似平生戰　城月迢迢鼓角夜如何軍中高宴江淮草木中原狐兔先聲自遠蓋世韓彭可能只辦尋常鷹犬問元戎早晚鳴鞭徑去解天山箭

江城子

觀別

旗亭誰唱渭城詩酒盈卮兩相思萬古垂楊都是折殘枝舊見青山青似染緣底事澹無姿　情緣不到木腸兒鬢成絲更須辭只恨芙蓉秋露洗胭脂爲問世間離別

淚何日是滴休時

臨江仙

與欽叔飲二首

邂逅一尊文字飲春風爲洗愁顏花枝入鬢笑詩班登臨千古意天澹夕陽閒　南去北來行老矣人生茅屋三間何人得似謝東山紫簫明月底高竹倚風鬟

明月清風無盡藏平生老子南樓閻閭談笑說封侯誰能知許事一笑去來休　舊見輞川圖畫裏十年孤負歡游百金早晚得菟裘與君成二老來往亦風流

鵲橋仙

同欽叔欽用賦梅

孤根漸煖芳魂乍返待吐檀心又嬾未先拈出一枝香算只是司花會揀　情緣未斷韶華易減早去尋芳已晚東風容易莫吹殘暫留與何郎慰眼

鵲橋仙

梨花春暮垂楊欲晚歸袖無人重挽浮雲流水十年間算只有青山在眼　風臺月榭朱脣檀板多病全疏酒琖劉郎爭得似當時比前度心情又減

鷓鴣天

隆德故宮同希顏欽叔知幾諸人賦

臨錦堂前春水波蘭皋亭下落梅多三山宮闕空瀛海萬里風埃暗綺羅　雲子酒雪兒歌留連風月共婆娑人間更有傷心處奈得劉伶醉後何

鷓鴣天

零落棲遲感興多酒杯直欲捲銀河人間清鏡悲華髮世外仙棋爛斧柯　長袖舞抗音歌月明人影兩婆娑醉來知被旁人笑無奈風情未減何

鷓鴣天

只近浮名不近情且看不飲更何成三杯漸覺紛華近一斗都澆磈磊平　醒復醉醉還醒靈均憔悴可憐生離騷讀殺渾無味好箇詩家阮步兵

鷓鴣天

枕上淸風午夢殘華胥東望海漫漫湖山似要閒身管花柳難將病眼看　三徑在
一枝安小齋容膝有餘寬鹿裘孤坐千峯雪耐與青松老歲寒

鷓鴣天

薄命妾辭三首

複幕重簾十二樓而今塵土是西州香雲已失金鈿翠小景猶殘畫扇秋　天也老
水空流春山供得幾多愁桃花一簇開無主儘著風吹雨打休

顏色如花畫不成命如葉薄可憐生浮萍自合無根蒂楊柳誰教管送迎　雲聚散
月虧盈海枯石爛古今情鴛鴦隻影江南岸腸斷枯荷夜雨聲

一日春光一日深眼看芳樹綠成陰娉婷盧女嬌無奈流落秋娘瘦不禁　霜塞闊
海煙沈燕鴻何地更相尋早教會得琴心了醉盡長門買賦金

鷓鴣天

玉立芙蓉鏡裏看鉛紅無地著邊鸞半衾幽夢香初散滿紙春心墨未乾　深院落曲闌干舊歡新恨苧衣寬幾時忘得分攜處黃葉疏雲渭水寒

朝中措

時情天意枉論量樂事苦相忘白酒家家新釀黃花日日重陽　城高望遠煙濃草澹一片秋光故國江山如畫醉來忘卻興亡

好事近

冬夜有懷

夢裏十年心情味夢回猶惡枕上數行清淚被驚烏啼落　西窗瓶水夜深寒梅花瘦如削只有一枝春在問東君留著

右元好問詞十九首錄自彊邨叢書本遺山樂府

〔作者小傳〕

元好問字裕之。太原秀容人。七歲能詩。年十有四。從陵川郝晉卿學。不事舉業。淹貫經傳百家。六年而業成。下太行。渡大河。爲箕山琴臺等詩。禮部趙秉文見之以爲近代無此作也。由是名震京師。中興定五年第。歷內鄉令。正大中爲南陽令。天興初擢尚書省掾。頃之除左司都事。轉行尚書省左司員外郎。金亡不仕。其歌謠慷慨挾幽幷之氣。其長短句揄揚新聲。以寫恩怨者。又數百篇。年六十八卒。（節錄金史文藝傳）有遺山樂府。彊邨叢書本

〔集評〕

張炎曰。遺山詞深於用事。精於鍊句。風流蘊藉處。不減周秦。（詞源）

劉熙載曰。金元遺山詩。兼杜韓蘇黃之勝。儼有集大成之意。以詞而論。疏快之中。自饒深婉。亦可謂集兩宋之大成者矣。（藝概）

況周頤曰。元遺山以絲竹中年。遭遇國變。崔立采望。勒授要職。非其意指。卒以抗節不仕。顦顇南冠二十餘稔。神州陸沈之痛。銅駝荊棘之傷。往往寄託於詞。鷓鴣天三十七闋。泰半晚年手筆。其賦隆德故宮及宮體八首。薄命妾

辭諸作。蕃豔其外。醇至其內。極往復低徊掩抑零亂之致。而其苦衷之萬不得已。大都流露於不自知。此等詞。宋名家如辛稼軒固嘗有之。而猶不能若是其多也。遺山之詞。亦渾雅。亦博大。有骨榦。有氣象。以比坡公。得其厚矣。而雄不逮焉者。豪而後能雄。遺山所處不能豪。尤不忍豪。牟端明金縷曲云。撲面胡塵渾未掃。強歡謳還肯軒昂否。知此。可與論遺山矣。設遺山雖坎坷。猶得與坡公同。則其詞之所造。容或尚不止此。其水調歌頭賦三門津。黃河九天上云云。何嘗不崎嶇排奡。坡公之所不可及者。尤能於此等處不露筋骨耳。水調歌頭。當是遺山少作。晚歲鼎鑊餘生。棲遲蘦落。興會何能飆舉。知人論世。以謂遺山卽金之坡公。何遽有愧色耶。充類言之。坡公不過逐臣。遺山則遺臣孤臣也。其賦隆德故宮云。人間更有傷心處。奈得劉伶醉後何。宮體八首。其二云。春風殢殺官橋柳。吹盡香緜不放休。其四云。月明不放寒枝穩。夜夜烏嗁徹五更。其七云。花爛錦。柳烘煙。韶華滿意與歡緣。不應寂寞求凰意。長對秋風泣斷絃。薄命妾辭云。桃花一簇開無主。儘着風吹雨打休。其它如無題云。墓頭不要征西字。元是中原一布衣。又云。幾時忘得分攜處。黃葉疏雲渭水寒。又云。籬邊老卻陶潛菊。一夜西風一夜寒。又云。殷勤未數閒情賦。不願將身作枕囊。又云。只緣攜手成歸計。不恨蘿頭屈壯圖。又云。旁人錯比揚雄宅。笑殺韓家晝錦堂。又云。鹿裘孤坐千峯雪。耐與青松老歲寒。又云。諸葛菜。邵平瓜。白頭孤影一長嗟。南園睡足松陰轉。無數蜂兒趁晚衙。又與欽叔京甫市飲云。醒來門外三竿日。臥聽春泥過馬蹄。句各有指。知者可意會而得其詞纏緜而婉曲。若有難言之隱。而又不得已於言。可以悲其志而原其心矣。（蕙風詞話）

民國廿三年十二月初版發行

實價大洋九角
（實價不折不扣
外埠酌加寄費）

“唐宋名家詞選”

＊

編者 龍沐勛

發行者 章錫琛
上海福州路開明書店

印刷者 美成印刷公司
上海梧州路三九〇號

總發行所
上海福州路二七八
電報掛號七〇五四
開明書店

分發行所
廣州惠愛東路　漢口中山路
南京太平路　長沙南陽街
北平楊梅竹斜街
開明書店分店

國家圖書館出版品預行編目資料

唐宋名家詞選 / 龍榆生編著 . -- 初版 . -- 新北市:
華夏出版有限公司 , 2024.07
336 面 ;12×17 公分 . --（近世經典叢刊: 04）

影印本
ISBN 978-626-7393-80-2（平裝）
1.CST: 藝術 2.CST: 文集

833.4 113007101

近世經典叢刊 004

唐宋名家詞選（平裝）

著　　者	龍榆生
叢書主編	徐康侯
企　　劃	傳古樓
責任校對	陈炯弢
出版發行	華夏出版有限公司 220 新北市板橋區縣民大道 3 段 93 巷 30 弄 25 號 1 樓 電話: 02-32343788 傳真: 02-22234544
排　　版	尚文盛致文化策劃有限公司
印　　刷	百通科技股份有限公司
總 經 銷	貿騰發賣股份有限公司 新北市 235 中和區立德街 136 號 6 樓 電話: 02-82275988 傳真: 02-82275989 網址: www.namode.com
版 印 次	2024 年 7 月第 1 版 2024 年 7 月第 1 次印刷
書　　號	ISBN: 978-626-7393-80-2
定　　價	新臺幣 720 元（一冊）

傳古樓聯繫方式 :(0571)88187151;　郵箱 : chuangulou@sina.com